हिन्द पॉकेट बुक्स

सुबह का भूला

बिमल मित्र ने सन् 1938 में कलकत्ता विश्वविद्यालय से बांग्ला साहित्य में एम.ए. की उपाधि ली और रेलवे में विभिन्न पदों पर नौकरी की। जून 1956 में डिप्टी चीफ कंट्रोलर के पद से इस्तीफा दे दिया और स्वतंत्र लेखन करने लगे। उन्होंने भारतीय साहित्य को लगभग साढ़े तीन दशकों तक लिखते हुए 60 से अधिक उपन्यास और कहानी संग्रह दिए हैं। उनकी सर्वाधिक चर्चित कृतियों में *साहिब बीवी और गुलाम* शामिल है, जिस पर एक लोकप्रिय फिल्म का भी निर्माण हुआ। *मुज़रिम हाजिर* नाम उनकी एक अन्य कृति पर एक लोकप्रिय टीवी धारावाहिक का भी निर्माण हुआ।

हिन्दी पाठकों को उनकी जो रचनाएँ अनुवादित होकर पढ़ने को मिली, उनमें *साहब बीवी और गुलाम, खरीदी कौड़ियों के मोल* (दो-खंड), *इकाई, दहाई, सैकड़ा, बेग़म मेरी विश्वास* (दो खंड), *दायरे के बाहर, राग भैरवी, सुबह का भूला* जैसी कृतियाँ उल्लेखनीय हैं।

सुबह का भूला

बिमल मित्र

हिन्द पॉकेट बुक्स
पेंगुइन रैंडम हाउस इम्प्रिंट

हिन्द पॉकेट बुक्स

यूएसए। कनाडा। यूके। आयरलैंड। ऑस्ट्रेलिया। सिंगापुर
न्यू ज़ीलैंड। भारत। दक्षिण अफ्रीका। चीन

हिन्द पॉकेट बुक्स, पेंगुइन रैंडम हाउस ग्रुप ऑफ़ कम्पनीज़ का हिस्सा है,
जिसका पता global.penguinrandomhouse.com पर मिलेगा

पेंगुइन रैंडम हाउस इंडिया प्रा. लि.,
चौथी मंजिल, कैपिटल टावर 1, एमजी रोड,
गुरुग्राम 122002, हरियाणा, भारत

पेंगुइन
रैंडम हाउस
इंडिया

प्रथम हिन्दी संस्करण हिन्द पॉकेट बुक्स द्वारा 1997 में प्रकाशित
यह हिन्दी संस्करण हिन्द पॉकेट बुक्स में पेंगुइन रैंडम हाउस द्वारा 2022 में प्रकाशित

10 9 8 7 6 5 4 3 2

ISBN 9789353490263

मुद्रकः रेप्रो इंडिया लिमिटेड

www.penguin.co.in

MIX
Paper from responsible sources
FSC® C047271
FSC www.fsc.org

This is a legitimate digitally printed version of the book and therefore might not have certain extra finishing on the cover.

सुबह का भूला

अब वे दिन नहीं रहे। विपिन बाबू भी अब पहले जैसे नहीं हैं। विपिन बिहारी चक्रवर्ती। विपिन बाबू को जिन लोगों ने पहले देखा है, वे आज भी उन्हें आफिस जाते वक्त देखते हैं। धोती, बन्द गले का कोट और चादर। खा-पीकर रोज नौ बजे गली से गुजरते हैं। ट्राम रास्ते तक पहुंचते-पहुंचते दस-पन्द्रह मिनट लग जाते हैं। नुक्कड़ पर शचीन बाबू के मकान की चौखण्डी पर छोटे-छोटे लड़के बैठकबाजी करते होते हैं। उस ओर विधू की सौदागरी की दुकान थी। दुकान के सामने सड़क पर ही एक मोलसिरी का पेड़ है। कभी इसमें फूल खिलते थे। लाल-लाल और मीठे फल लगते थे, अब पेड़ मर गया है। कोई देख-भाल नहीं करता। विपिन बाबू ने जब यह मकान किराये पर लिया था, विधू की दुकान के पास ही लाला के यहां दाल, चावल, तेल, नून, घी वगैरह सब कुछ उधार मिल जाता था। यहां भी हर महीने हिसाब चुकता हो जाता था। उन दिनों इस मोहल्ले में इतने लोग नहीं थे। लाला बड़ी खातिरदारी करते थे। पिण्टू तब छोटा था। पिण्टू को लिए विपिन बाबू सौदा लेने आते। लाला कहते, "आइए बड़े बाबू, नये चावल आए हैं, ले जाइए।"

लाला बैठने के लिए एक छोटा-सा स्टूल खिसका देते । कहते, "बैठिए बाबूजी, दरभंगा से घी आया है, आज ही नया टीन खोला है, दूं आधा सेर ?"

"नहीं-नहीं, घी नहीं चाहिए, फिर बर्तन भी नहीं है ।"

लाल पुराने आदमी ठहरे । जयपुर या मारवाड़, पता नहीं कहां से कलकत्ते की गली में धन्धा करने आए हैं । ग्राहकों की जरूरत समझकर धन्धा काफी फैला लिया है । कहते, "बरतन नहीं है, तो क्या हुआ, मैं अधसेरा टीन दिए देता हूं ।"

फिर अचानक पिण्टू की ओर देखकर कहते, "यह लो बेटा, लेमनचूस खाओ ।"

पिण्टू भी हाथ बढ़ा देता । टीन के बक्से में से निकालकर लाला लाल रंग की एक गोली उसके हाथ में रख देते । पिण्टू खुश हो जाता ।

लेकिन विपिन बाबू देखते ही गुस्सा होने लगते । कहते, "यह क्या करते हो लाला, उसके हाथ में लेमनचूस क्यों दी ? नहीं-नहीं, यह सब ठीक नहीं है ।"

फिर पिण्टू के हाथ से जल्दी से लेमनचूस छीनकर लाला को वापस कर देते । कहते, "नहीं, इससे आदत खराब होती है ।"

लाला कहते, "इसमें क्या है, आखिर बच्चा ही तो है, एक गोली दे भी दी तो क्या हुआ ?"

"नहीं, इससे आदत खराब होती है । अभी से लालची हो जाएगा । तुम ले लो लाला, मैं कहता हूं, तुम ले लो ।"

पहले तो लाला को जरा अजीब ही लगा । लेमनचूस जैसी मामूली चीज । जरा-जरा घूस देकर सभी को हाथ में करना होता है । लेकिन विपिन बाबू उस तरह के आदमी नहीं हैं । लाला ने कहा, "चूहे और बिल्लियां ही तो कितना सामान खा जाती हैं । मैंने बच्चे को दे दी तो क्या हुआ ? आपको इस तरह से छीनना नहीं चाहिए था ।"

"नहीं, यह सब मुझे अच्छा नहीं लगता लाला ! अभी से यह सब लेने की आदत पड़ जाएगी तो बड़े होने पर क्या होगा, आदमी का चरित्र और चाल-चलन ही तो सब कुछ है।"

पिण्टू तब तक रुआंसा हो गया था। शायद रो ही पड़ता। लेकिन बाबू नाराज हो जाएंगे, इसलिए सिटपिटाकर रह गया। विपिन बाबू ने जल्दी से सामान उठाकर दूसरे हाथ से पिण्टू को पकड़ा। बोले, "चलो, हाथ पकड़कर चलो, आगे नाला है।"

लाला की दूकान के सामने नाला पार कर विपिन बाबू घर की ओर चले गए।

इन सब बातों को भी अरसा हो गया है। मुद्दतों पहले, जब विपिन बाबू बदली होकर कलकत्ते आए थे, तब की बातें हैं। चक्रधरपुर से सीध कलकत्ता हेड ऑफिस। कलकत्ते आने की तो कोई बात ही नहीं थी। कलकत्ते में कभी मकान किराये पर लेने की औकात हो पाएगी, उन्होंने सोचा भी नहीं था। चक्रधरपुर में नदी के किनारे एक घर बनवा लिया था। सोचा था, जिन्दगी वहीं काट देंगे, लेकिन नई बहू वहां के लोगों की भाषा नहीं समझती थी। नदी में जब बाढ़ आती तो घर के आंगन तक पानी आ जाता। कभी-कभी तो कमरे के अन्दर चारपाई तक पानी में तैरने लगती। पिण्टू तब हुआ ही था। पुल के उस पार आफिस था। खबर मिलते ही विपिन बाबू घर चले आए थे। मिस्टर मैटफोर्ड उन दिनों डिप्टी जनरल मैनेजर थे। छुट्टी मांगने पर उन्होंने पूछा, "क्यों ? व्हाई ? इस समय घर में क्या काम है ?"

"सर, बाढ़ आ गई, मेरा घर डूब गया है।"

"घर में तुम्हारे कौन-कौन हैं ?"

"मेरी बीवी और मेरा लड़का, बस।"

विपिन बाबू की ओर एक बार देखकर मिस्टर मैटफोर्ड ने कहा, "गो, गो, क्वीक।"

नहीं तो विपिन बाबू शायद रो ही पड़ते। कम उम्र। नई

शादी, नई नौकरी। गांठ की थोड़ी-बहुत जो भी जमा-पूंजी थी, लगाकर घर बनवा लिया था। उन्होंने सोचा भी नहीं था कि इतने अरमानों से बनवाया उनका घर बाढ़ में बह जाएगा। हांफते हुए घर पहुंचे। सब कुछ डूब चुका था। पहाड़ी नदी, कब एकाएक पानी बढ़ जाएगा, कुछ भी पता नहीं चलता। उस दिन अगर खुद नहीं पहुंचते तो शायद बीबी को जिन्दा नहीं देख पाते। पानी में गले तक डूबी लड़के को छाती से चिपकाए विन्दुवासिनी तख्त पर चुपचाप खड़ी थी।

अस्पताल में यूनियन बोर्ड के डॉक्टर ने कहा, "नसीब अच्छा है, बच गए।"

विपिन बाबू का घर-द्वार, कपड़े, बरतन, सब कुछ बाढ़ में बह गया। पास में रुपया-पैसा कुछ भी नहीं। आफिस के लोग तथा इधर-उधर के लोग देखने आए, कहने लगे, "हमने तो तभी कहा था, नदी के किनारे घर मत बनवाइए, हमेशा खतरा रहता है।"

सूखी हमदर्दी सभी ने दिखलाई। उस दिन विपिन बाबू बेघरबार हो गए थे। पास फूटी कौड़ी तक नहीं थी। खाने तक का ठिकाना नहीं था। यह बात किसी के मुंह से नहीं निकली। सच मायनों में उस दिन इस परदेशी ने ही उन्हें बचाया था। उसने कहा, "अरे बाबू, आप मेरे घर चलिए, मेरा खुद का घर रहते इस समय कहां जाएंगे ?"

कहकर वृन्दावन उन्हें अपने घर ले आया। वृन्दावन साहू। बाजार की संकरी-सी गली में उसकी दुकान थी। चक्रधरपुर के इसी वृन्दावन साहू की दुकान से विपिन बाबू गृहस्थी की सारी चीजें खरीदते थे। जरूरत की चीजें खरीदते और पैसा देते। यहां लाला के साथ जो सम्बन्ध है, उतना ही, जरा भी ज्यादा नहीं। लेकिन अपने इतने यार-दोस्त और नाते-रिश्तेदारों के रहते इस बाहरी आदमी ने विपिन बाबू के लिए अपना कमरा खाली कर

दिया। अपना बिस्तर, बर्तन, कम्बल वगैरह सब कुछ दिया। अपनी गांठ से पैसे खर्च कर विन्दुवासिनी को तांगे में बैठाकर लाया। उस समय भी विन्दुवासिनी बुखार से थर-थर कांप रही थी। पता नहीं, कहां से रात के उस अंधेरे में दूध लाकर पिलाया। विपिन बाबू को खाने की इच्छा नहीं थी। वृन्दावन साहू ने उन्हें भी दाल-रोटी खिला दी। कृतज्ञता से विपिन बाबू का गला भर आया। बोले, "तुम्हें मैं क्या कहकर धन्यवाद दूं वृन्दावन !"

वृन्दावन गुस्सा हो गया था। बोला, "आप बात न करिए, चुपचाप रहिए।"

उस समय ज्यादा बात करने का समय भी नहीं था। विन्दुवासिनी की हालत भी ठीक नहीं थी। सभी लोग विपिन बाबू को सुनाने लगे।

"आप भी खूब हैं, बीवी को अकेली छोड़कर ऑफिस में बैठे थे? आपके लिए पैसा ही सब कुछ हो गया? अगर आपके बीवी-बच्चे मर जाते तो क्या पैसे को शहद लगाकर चाटते ?"

अजीब बात थी। जिन्होंने कभी एक पैसे से भी विपिन बाबू की सहायता नहीं की थी, वे लोग ही आज उनकी मुसीबत के समय नसीहत देने आए थे। सूखी सहानुभूति। जब उनके पास रहने की जगह नहीं थी, ऑफिस से लोन लेकर खपरैल का घर बनवाया था। घर क्या, कबूतरों का दरबा था, फिर भी खुद का तो था। अपना निज का घर कहने में कितना अच्छा लगता है ! पूरे ऑफिस में सिर्फ विपिन बाबू का ही अपना घर था। मजदूरों के साथ खुद भी लगे रहते। कभी फीता पकड़ते, कभी चूने और गारे का इन्तजाम करते। छुट्टी के दिन सारे दिन धूप में खड़े देख-रेख करते। वह भी क्या मजा था ! जैसे घर नहीं बनवा रहे थे, खुद अपने को ही नये सिरे से बना रहे थे। घर की हर ईंट के साथ जैसे उनका अपना अस्तित्व जुड़ा था।

आज वही घर चला गया। उसके साथ खुद भी चले जाते तो

शायद अच्छा होता। अपने हाथों खड़े किए मकान जाने के बाद जिन्दा रहने से फायदा ? लेकिन बीवी तो है, नन्हा-सा बच्चा है। तब से उनके लिए ही जी रहे थे। तब से विपिन बाबू पिण्टू के लिए ही तो जिन्दा हैं।

उसके बाद ही कलकत्ते आ गए। सच मायने में कलकत्ता नहीं, कलकत्ते के पास। शुरू-शुरू में जब यहां आए थे, जगह एकदम सुनसान थी। रात के समय में सियार बोलते थे। शाम को कीचड़, मिट्टी लांघते विपिन बाबू जिस समय घर पहुंचते, पूरा एक बाल्टी पानी पैर धोने में लगता था, फिर धीरे-धीरे एक-आध मकान बना। इक्का-दुक्का आदमी आकर बस गए। नंगे बदन, मैली चीकट एक धोती, बस। चार-छः खाली बक्सों में अपना सामान सजाकर लाला ने दुकान खोल दी। खरीदारी करने के लिए अब दूर नहीं जाना होता था। रात के समय खास डर भी नहीं लगता था। पास में ही एक पोखर था। शुरू-शुरू में विपिन बाबू मोड़ के नल से पीने का पानी लाते थे। बाद में बस्ती बढ़ने पर मकान-मालिक ने किराया भी बढ़ा दिया। म्युनिसिपैलिटी की ओर से एक ट्यूबवेल भी लग गया।

हां, तो उस समय के कलकत्ते का यही हाल था। एक दिन जब हावड़ा स्टेशन, चौरंगी, भवानीपुर, रोशनी, ट्राम और बस देखते-देखते यहां बादामतल्ले में आए तो विपिन बाबू हैरान रह गए। यह भी क्या कलकत्ता ही है ? इसका नाम भी कलकत्ता है ? टैक्सी में बैठकर सीधे यहां आए थे। सरदारजी टैक्सी ड्राइवर ज्यादा अन्दर आने में आनाकानी कर रहा था। सवारी और असबाब सड़क के किनारे छोड़कर ही चलता बना।

मकान-मालकिन बड़ी सीधी-सादी थी। बेचारी विधवा थी। जरा सुनसान-सी जगह में एक छोटा-सा मकान बनवाने की पति की इच्छा थी। उसने सोचा भी नहीं था कि एक दिन यह कलकत्ता शहर यहां तक अपने पांव पसार देगा। बुढ़िया अकेली

थी। आदमी तो मर ही चुका था, बाल-बच्चा न था, कोई सगा-सम्बन्धी भी नहीं था। शाम होते ही दरवाजे और खिड़कियां बन्द कर बैठ जाती और मन ही मन बड़बड़ाती रहती। कहती, 'मुआ मर गया, जान बची। मरे ने कभी हाथ में एक पैसा तक नहीं रखा, नासपीटा कहीं का !"

विन्दुवासिनी कहती, "बेचारे मर चुके हैं, उनके लिए ऐसा न कहिए।"

बुढ़िया गुस्सा हो जाती। कहती, "क्यों, कहूंगी क्यों नहीं ? ब्याह कर लाई बहू पर भरोसा नहीं था तो ब्याह क्यों रचाया ? मैं क्या उसकी रखैल थी, कभी झूठों में भी अगर हाथ पर एक धेला रखा हो ? मैं क्या खा जाती उसका पैसा ? उसका पैसा लेकर क्या मुझे सुरग जाना है ?"

फिर जरा रुककर कहती, "अब वह पैसा कहां गया, जरा सुनूं ? पैसा भी साथ ले जाता न ? श्मशान तो उसी फटी गुदड़ी पर ही जाना पड़ा न ? तब तो तुम्हें किसी ने सोने से नहीं मढ़ दिया। क्रिया-करम पर मैंने तीन रुपया बारह आना से एक धेला भी ज्यादा खर्चा नहीं किया !"

"श्राद्ध-वाद्ध कुछ भी नहीं हुआ ?"

"तुम भी अजीब हो बहू ! उस मुंहजले का सराद्ध ! जब तक जिंदा रहा, मरे ने जलाया। उसे उठाकर मुझे तो भगवान ने उबार लिया ! मरे ने कुढ़ा-कुढ़ाकर मार डाला था।"

शाम के समय किताब लेकर बैठने पर पिण्टू के कान तक बातें पहुंचतीं।

उस ओर मां खाना बना रही होती। चारों ओर अन्धकार छा रहा होता। छोटी-सी लालटेन के सामने बैठा-बैठा अचानक अनमना-सा हो जाता। आसपास दो-चार नारियल के पेड़ और पोखर। इक्का-दुक्का घर। रात को सोते-सोते अचानक सियार की चिल्लाहट सुनकर नींद टूट जाती। आवाज शायद दूर श्मशान से आती। किसी-किसी दिन देखता, मुर्दा कन्धे पर रखे कुछ लोग

जा रहे हैं। हाथ में लालटेन और कन्धे पर अंगोछा। मुर्दा ढोते-ढोते अचानक जैसे झुंझलाकर चीख पड़ते, 'हरि बोल !' और अंधेरे में ही आंखें फाड़े पिण्टू चारों ओर देखता। सारे दरवाजे और खिड़कियां बन्द हैं। चोर के आने की कोई गुंजाइश नहीं है। एक ओर मां सो रही है और दूसरी ओर पिताजी। दोनों बेखबर सोए हैं। दोनों के बीच में पड़ा-पड़ा पिण्टू जैसे डर से छुटकारा पाने की कोशिश करता।

"मुन्ना, ओ मुन्ना !"

पास वाली चाय की दुकान के बाहर एक टूटी-सी बेंच पर बैठे कुछ लोग बीड़ी पी रहे थे। उन्हीं में से किसी ने पुकारा। पिण्टू ने मुड़कर देखा।

"मुझे बुला रहे हैं ?"

"तुम्हारा घर कहां है बेटा ? तुम्हारा नाम ?"

बादामतल्ले की दाहिनी ओर का इलाका। इस ओर सिर्फ जंगल है। यह सभी को पता है। सड़क पार कर पिण्टू पास आया। आदमी ने खिसककर बेंच पर जरा-सी जगह कर दी। हाथ से ही बेंच की धूल झाड़ते हुए कहा, "बैठो, लगता है, स्कूल से आ रहे हो ?"

लेकिन पिण्टू खड़ा रहा।

"किसके लड़के हो ? पिताजी का नाम क्या है ?"

फिर स्नेह से पीठ पर हाथ फेरने लगा।

"वाह, तुम तो लगता है, काफी चालाक हो। मैं भी उसी स्कूल में पढ़ा हूं। अच्छी तरह से मन लगाकर पढ़ो बेटा ! बिना पढ़े-लिखे जिन्दगी में कुछ भी नहीं होने का। मुझ ही को देखो न, पढ़-लिख लिया, इसीसे आज इतना बड़ा हो पाया हूं। आदमी बन

पाया हूं, समझे ?"

आदमी भला लगा। पहले कभी पिण्टू के साथ किसी ने इस तरह से बात नहीं की थी। अपनी बात कहकर वह आदमी दांत निकालकर हंसने लगा। काले-काले दांत। मकान-मालकिन दादी के से ही काले-काले दांत। गांठ में से एक बीड़ी निकालकर मुंह में लगाई, फिर माचिस निकालकर सुलगाने लगा। फिर कहने लगा, "लड़के-बच्चों को देखते ही पढ़ने-लिखने को कहता हूं और बेटा, बिना पढ़े-लिखे उसी आदमी की तरह गधे रह जाओगे।"

कहकर सामने जाते रिक्शे की ओर इशारा किया।

"जाओ, अब घर जाओ," कहकर उस आदमी ने एक बार फिर से पीठ थपथपाई। पिण्टू जा ही रहा था कि तभी पीछे से उसी आदमी ने फिर आवाज दी, "अरे सुनो, एक चीज लोगे?"

कहकर अपनी गांठ पर हाथ रखा। पिण्टू ने देखा, कमर में एक कोई चीज लटक रही थी। काले डोरे में बंधी। उसमें ही कुछ झूल रहा था। उसे दिखलाकर उस आदनी ने कहा, "यह लोगे? यह तुम्हें दे सकता हूं।"

वह चीज़ क्या थी, पिण्टू की समझ में नहीं आया। झुककर अच्छी तरह से देखने लगा।

"यह वनमानुष की हड्डी है, यह तुम्हें दे सकता हूं।"

पिण्टू को बड़ा अजीब लगा। वनमानुष की हड्डी लेकर वह क्या करेगा! लेकिन वनमानुष और आदमी की हड्डी में फर्क ही क्या है, यह पिण्टू की समझ में नहीं आ रहा था। पिण्टू ने पूछा, "इससे क्या होगा?"

उस आदमी ने कहा, "इम्तहान में फर्स्ट होओगे। मैंने यह चीज कितने ही लड़कों को दी है, सभी फर्स्ट आए, मैं भी फर्स्ट आया था। वैसे पढ़ना भी होगा, लेकिन एक बार जो पढ़ लोगे, हमेशा के लिए याद हो जाएगा।"

पिण्टू ऊपर से नीचे तक उस आदमी को देखने लगा। अजीब

आदमी है। ऊपर से देखने पर पता नहीं लगता कि इस आदमी के पास इतनी कीमती चीज हो सकती है।

पिण्टू ने पूछा, "यह दे देंगे, तो आप क्या करेंगे?"

"अरे, मेरा इम्तहान तो कभी का हो चुका है। मुझे अब इसकी क्या जरूरत है, मैं तो सारे इम्तहान पास किए बैठा हूं!" कहकर काले-काले दांत निकालकर वह आदमी हंसने लगा।

"तुम्हारे काम की चीज है, इसीसे दे रहा हूं।" कहकर हड्डी के टुकड़े को हाथ से हिलाने लगा।

पिण्टू ने हाथ बढ़ाकर कहा, "तब लाइए।"

"ऐसे ही देने से काम नहीं होगा, पूजा करनी होगी। काली मैया की पूजा करनी होगी।"

"तब पूजा कब करेंगे?"

"आज कहो तो आज ही कर सकता हूं। सिर्फ पूजा का खर्चा देना होगा। नियम ही ऐसा है, क्या करूं! जो पहनेगा, उसीको पूजा का खर्च देना होगा।"

"लेकिन मेरे पास पैसे नहीं हैं।"

"अगर आज नहीं दे सकते तो कल देना, कल देने से भी काम चलेगा, ज्यादा नहीं, सिर्फ पांच रुपये देने से ही काम चल जाएगा।"

पिण्टू चौंक पड़ा। पांच रुपये! पांच रुपये कौन देगा? पिताजी से मांगने पर पैसे मिलना तो दूर की बात, डांट और पड़ेगी। और मां? पिण्टू ने कहा, "पांच रुपये तो मैं नहीं दे पाऊंगा, पिताजी देंगे नहीं।"

"तब मां से मांगना। इसमें मेरा तो कोई फायदा है नहीं, मैं कोई अपने लिए तो मांग नहीं रहा हूं। मां से चुपचाप मांगना, जिससे पिताजी को पता ही न चले।"

पिण्टू ने जरा सोचकर कहा, "मां के पास पैसे नहीं रहते, मां नहीं देंगी।"

"तब पिताजी की जेब से निकाल लेना, किसीको भी पता नहीं चलेगा। तुम्हारे पिताजी सोचेंगे, शायद किसीने जेब काट ली, समझे ? और यह तो वास्तव में चोरी है भी नहीं, काली मैया की पूजा करना क्या चोरी है ? भगवान के लिए चोरी करना कोई पाप नहीं है। और अगर पाप होता तो क्या मैं तुम्हें करने को कहता ?"

पिण्टू ने जैसे बात समझने की कोशिश की। लेकिन कुछ भी समझ में नहीं आया।

पिण्टू जा ही रहा था। उस आदमी ने याद दिलाई, "कल यहीं पर बैठा रहूंगा, ठीक है न ? पहचान पाओगे, इस साइनबोर्ड को याद रखना। काली माता हार्बल होम।"

पिण्टू ने पहली बार अच्छी तरह से साइनबोर्ड की ओर देखा। पीले बोर्ड पर मोटे-मोटे लाल अक्षरों में लिखा था—'काली माता हार्बल होम, बादामतल्ला। प्रो० डा० दक्षिणा रंजन शास्त्री, एम० ए० बी० एल०।'

विपिन बाबू तक अच्छी तरह से जम गए थे। मतलब कलकत्ते की जिन्दगी के आदी हो गए थे। एक दिन टैक्सी में बैठकर जिस बादामतल्ले आए थे, अब वह बादामतल्ला नहीं रह गया था। वह कीचड़ अब सूख चुका था। छुट्टी होने के बाद फौरन ऑफिस से निकल पड़ते, नहीं तो बस में जगह नहीं मिलेगी। शुरू-शुरू में जरा तकलीफ होती थी। उनकी तरह और भी कितने ही बाबू खड़े रहते। ऑफिस के दूसरे बाबू विपिन बाबू का मजाक उड़ाते। चक्रधरपुर से नये-नये आए थे। कुछ भी नहीं जानते थे। वहां छोटा-सा ऑफिस था। यहां का ऑफिस बड़ा था। छुट्टी के समय झुण्ड-झुण्ड लोग ऑफिस के दरवाजे से निकलते। आदमियों की भीड़ न होकर जैसे समुद्र हों, जिसमें विपिन बाबू डुबकी लगा रहे होते। वैसे विपिन बाबू ने समुद्र कभी देखा भी नहीं था। रहने वाले थे पुरुलिया के, भागकर चक्रधरपुर आ बसे

थे। वहीं शायद जिन्दगी गुजर भी जाती। लेकिन कहां से क्या हो गया ! नदी-किनारे का मकान बाढ़ में गया, और बदली करा-कर यहां आना हुआ। वैसे बदली से तो वे घबराते थे। बदली माने ही तो झमेला। फिर से घर बसाना, सब कुछ ठीक-ठाक करना, फिर से नींव डालना। पशु पूछते, "तब आप आए ही क्यों ?"

'टर्नबुल एण्ड जानसन' कम्पनी के कैश सेक्शन के हेडक्लर्क आशु बाबू रातों-रात कब पशु बाबू हो गए, यह पुरानी बात है। विपिन बाबू ने कहा, "अरे, मैं क्या आना चाहता था भैया, लेकिन सभी का कहना था कि कलकत्ता अच्छा रहेगा।"

नीरद बाबू ने कहा, "पहले आते तो अच्छा रहता। वे दिन क्या अब रखे हैं ? पहले का कलकत्ता सोने का कलकत्ता था, तब आफिस आना भी अच्छा लगता था। सही करके बड़ा बाजार निकल जाते, मोहनबगान का खेल देखते। कोई कुछ नहीं कहता था।"

"हां, तो उन दिनों के बारे में ज्यादा सुनने से विपिन बाबू को तकलीफ होती। उस समय चक्रधरपुर न जाकर अगर इधर चले आते तो कितना अच्छा होता ! अब तक खुद का मकान बन गया होता। एक-आध कमरा किराये पर उठा देते तो भी काफी पैसा मिलता। नीरद बाबू ने कहा, "पचास रुपये तनख्वाह में से उन दिनों लड़की की शादी में दो हजार रुपये नगद दिए हैं। और अब, जबकि तीन सौ मिलते हैं, लेकिन बीवी के बीमार पड़ने पर डाक्टर भी नहीं बुला पाता।"

विपिन बाबू कहते, "मुझे क्या मालूम था, यहां आकर सब कुछ उलटा देख रहा हूं, यहां तो बाल-बच्चों को साथ लेकर रहना भी मुश्किल है। पता है, एक बदमाश ने मेरे लड़के को बहकाकर उससे रुपये ऐंठने चाहे।"

"हैं ? कैसे ?" सभी जानने को बेचैन हो गए।

"कहता था कि उसके पास एक वनमानुष की हड्डी का टुकड़ा है, पांच रुपये में दे देगा।"

"वनमानुष की हड्डी को लेकर क्या होगा ?"

"भगवान जाने ! मेरी जेब से रुपये निकाल रहा था, तभी देख लिया, इसीसे बच गया !"

"इसके बाद क्या हुआ ?" नीरद बाबू चौंक उठे, "फिर क्या किया आपने, पुलिस के हवाले क्यों नहीं कर दिया ?"

विपिन बाबू का काम कैश सेक्शन में ही था। रोज लाखों का वारा-न्यारा होता। रोज कैश मिलाकर जमा कराना होता। विपिन बाबू अकेले नहीं थे। नीरद बाबू हैं, हरिचरण बाबू हैं, केदार बाबू हैं, काफी लोग, उतना ही काम। लोगों से शायद काम ही ज्यादा था। काम करते-करते सब कुछ भुला देना होता। उस दिन हिसाब मिलाते-मिलाते काफी देर हो गई। बाहर निकलते ही ध्यान आया। रामदीन को देखते ही वास्तव में ध्यान आया, नहीं तो काम के झंझट में भूल ही चुके थे।

"क्या बात है बाबूजी ?"

रामदीन 'टर्नबुल एण्ड जानसन' का हेड दरबान था। काफी पुराना आदमी था, सूद पर रुपया देता था। सूद लेकर तोंद निकल आई थी। फिर भी रुपये उधार देकर खुश होता था। खास तौर पर विपिन बाबू जैसे लोगों को।

"अब की बार तुम्हारे सब रुपये चुका दूंगा। कितना हुआ है ?"

रामदीन की तोंद हिलने लगी—बोला, "खाता देखना होगा बाबूजी ! मुझे तो कुछ भी याद नहीं रहता।"

याद न रहने की बात भी है। इतने सारे बाबू। सभी को रामदीन से दस-बारह गुना ज्यादा पैसा मिलता है, फिर भी दरबान के सामने ही हाथ फैलाना होता है।

अपनी कोठरी में जाकर रामदीन ने खाता निकाला। बोला, "यह रहा आपका नाम बाबूजी ! एक सौ पचपन रुपये लिखा है।"

विपिन बाबू के सिर पर जैसे बिजली गिरी।

"बाप रे ! पूरे एक-सौ पचपन रुपये ! न बाबा, और नहीं। तुम लोग ही मजे में हो रामदीन ! तुम्हें न लड़के की पढ़ाई की फिक्र है, न और कुछ करना पड़ता है, मछली-गोश्त भी नहीं खाते ! खैर, लाओ। अब दो महीने खाने की हड़ताल करनी होगी।"

रामदीन ने कहा, "मछली खाना बहुत पाप है। मछली कभी भी मत खाइएगा।"

"अरे, तुमने तो कह दिया और बस, उधर मेरा लड़का बिना मछली के खाना ही नहीं खाता।" कहकर दस्तखत किए और दस रुपये जेब में रखे।

नीरद बाबू ने कहा, "रुपये ठीक से रखे हैं न ? यह आपका चक्रधरपुर नहीं है। कुछ ही दिन तो हुए हैं, आपकी जेब कटी थी।"

नोट को फिर से एक बार सम्हालकर विपिन बाबू ने कहा, "एक सौ पैंसठ रुपये हो गए, क्या करूं, कुछ समझ में नहीं आता।"

"लेकिन आज तो बारह तारीख ही है, आज ऐसी क्या जरूरत आ पड़ी ?"

"अरे साहब, कुछ पूछिए मत, लड़के के लिए स्कूल की यूनीफार्म सिलवानी है। सोचा था, दो दिन बाद ले लूंगा, लेकिन कल यूनीफार्म पहनकर नहीं गया, इसलिए फाइन कर दिया। अजीब हाल है ! पढ़ाई-लिखाई के नाम तो साढ़े बारह, दुनिया-भर के झमेलों के मारे जान आफत में कर रखी है। कुछ कहने जाओ तो कहेंगे, अपने लड़के को दूसरे स्कूल में ले जाइए।"

नीरद बाबू बोले, "यह सब आप ही देखिए, यहां तो आदत पड़ गई है। कापिया नहीं खरीदनी होतीं, स्कूल का नाम छपी कापियां ?"

"और क्या, नहीं खरीदोगे तो फाइन।"

"पैसा मारने के लिए न जाने क्या-क्या बना रखा है। टिफिन फी, मेडिकल फी, फैन फी, जिमनैसियम फी—और न जाने क्या-क्या !"

"वह सब तो है ही, यह यूनीफार्म नई चाल।"

"और स्कूल के हेडमास्टर की किसी दूसरे के नाम पर किताबों की दुकान नहीं है ? हेडमास्टर की लिखी ग्रामर की और ट्रांस्लेशन की किताबें कोर्स में नहीं लगी हैं ? और कोचिंग क्लास ? जो हाल इस साली सरकार का है, वही साले मास्टरों का हाल है। हम लोग भी साले वैसे ही हैं। आप कुछ सोचिएगा नहीं, गाली क्या ही निकलती है ?"

लेकिन विपिन बाबू को नीरद बाबू की बातें अच्छी नहीं लगीं। आदमी क्या पोशाक से ही सभ्य होता है ? नीरद बाबू के साथ चलने में भी जैसे घृणा आ रही थी। नीरद बाबू कहे जा रहे थे, "जानते हैं विपिन बाबू, दुनिया में बहुत-से देश हैं, लेकिन छोटे-छोटे बच्चों को लेकर इस तरह की जबरदस्ती और कहीं नहीं होती है।"

विपिन बाबू ने कुछ भी नहीं कहा।

नीरद बाबू कहने लगे, "वनमानुष की हड्डी देकर आपके लड़के से पांच रुपये ऐंठ रहा था, उसपर आप गुस्सा हो रहे थे, लेकिन ये स्कूल-मास्टर क्या उससे कम हैं ?"

"चुप रहिए !"

विपिन बाबू गुस्से से पागल हो उठे। बोले, "आप चुप रहिए। शिक्षक लोगों के बारे में इस तरह की बात न करिए। सभी क्या खराब हैं ? अच्छे आदमी क्या हैं नहीं ?"

कहकर विपिन बाबू दूसरी ओर चले गए। कलकत्ते आने के बाद से ही जैसे सब कुछ उलट-पलट हो गया था। यही है उनका वह कलकत्ता। यहां कोई भी भला आदमी नहीं है। नीरद बाबू के प्रति घृणा हो रही थी, उसके साथ ही जैसे दुनिया के सारे लोगों के प्रति घृणा हो रही थी। इससे तो चक्रधरपुर में ही अच्छा है।

यहां के कंक्रीट से बने इनसान और कंक्रीट से बने मकान में कोई फर्क नहीं है। सब कुछ जैसे एक ही है, कंक्रीट है।

▭ ▭

बादामतल्ले आने के लिए डलहौजी स्क्वायर से दो बार बस बदलनी होती है। इसके बाद जहां आकर उतरना होता है, वहां एक-दूसरे से सटी दो-चार दुकानें हैं, कुछ रिक्शे हैं, इसके अलावा जंगल और सांय-सांय करता मैदान। बारिश के दिनों में इस ओर से गुजरने पर जूते हाथ में लेने पड़ते हैं। लेकिन यह हाल ज्यादा दिन नहीं रहा। मकान-मालकिन बुढ़िया के घर के पास से ही सड़क बननी शुरू हो गई। फीते और कम्पास लेकर लोग आए। पहले तो बूढ़ी देख नहीं पाई। दोपहर का वक्त। किरायेदारों के लड़के-बच्चे स्कूल गए हुए थे। मर्द अपने-अपने ऑफिसों में थे।

"ओ बहू, ओ बहू!"

गठिया की वजह से बुढ़िया ज्यादा चल-फिर नहीं पाती थी। सारे दिन अपने तख्त पर बैठी रहती। विधवा होने की वजह से खाने-पीने का भी कोई झंझट नहीं था। सुबह जरा-से चावल उबाल लेती, कभी-कभार बहू कोई तरकारी दे देती, बस।

सच मायने में मकान एक ही था। एक ही आंगन में आमने-सामने दो गृहस्थियां थीं। बाप-बेटे जब खाने बैठते तो लालटेन की रोशनी उस ओर तक पहुंचती। फटी चादर लपेटे बूढ़ी कृष्ण सहस्र-नाम का पाठ कर रही होती—

यशोदा ने रखा नाम नन्द का नन्दन
वसुदेव ने नाम रखा श्री मधुसूदन
नारद ने रखा नाम गोलोकविहारी···

इस ओर से बरतनों की खन-खन आवाज आती। विपिन बाबू लड़के से पूछते होते, "तुम्हारा इम्तहान कैसा हुआ?"

पिण्टू अब बड़ा हो गया था, लेकिन बड़े होने के साथ-साथ जैसे और भी बड़ा हो गया था। हलकी-हलकी रेख निकल आई थी। बेटे के चेहरे में न जाने क्या ढूंढ़ने की कोशिश करते विपिन बाबू। शायद लड़के की शक्ल में खुद को ढूंढ़ने की कोशिश करते थे। कलकत्ते आकर जैसे उन्होंने लड़के को खो दिया था। यहां आते ही जैसे विपिन बाबू का सब कुछ बदल गया है। पिण्टू भी बदल गया है। कब क्या करता है, कहां से कब और क्या पढ़ आता है, कुछ भी समझ में नहीं आता। कुछ भी पूछने पर 'हां' कर देता। पिण्टू ने 'ना' कहना जैसे सीखा ही नहीं था। शुरू-शुरू में मां से पैसे मांगता था, आजकल वह भी नहीं।

"तुम्हारी कमीज मैली क्यों है। साबुन लगाकर धो नहीं सकते ?"

पिण्टू सिर नीचा किए सब सुनता, फिर कमरे में जाकर किताब लेकर बैठ जाता। पता नहीं. कहां-कहां से किताबें इकट्ठी कर लाया था। सारे दिन पढ़ता। रात को सोते समय विपिन बाबू देखते, पिण्टू के कमरे में रोशनी हो रही है। पिण्टू काफी रात तक पढ़ता रहता।

विन्दुवासिनी आते ही बिस्तरे पर लेट जाती। विपिन बाबू पूछते, "आजकल पिण्टू बात क्यों नहीं करता ? उसे क्या हुआ है ?"

विन्दुवासिनी कम बोलने वाली औरत थी। कहती, "क्यों, कुछ भी तो नहीं हुआ।"

"लगता है, काफी बदल गया है।"

"बड़ा हो रहा है न।"

"ऐसा क्या बड़ा हो गया है ? उम्र ही क्या है ! अभी से इतना गम्भीर क्यों हो गया है ?"

इसके बाद और विन्दुवासिनी की आवाज नहीं आती। शायद तब तक सो गई होती। विपिन बाबू भी थके-मांदे होते। रामदीन

का कर्ज काफी चढ़ गया है। नीरद बाबू भी कैसे आदमी हैं। कलकत्ते में दिनोंदिन भीड़ जैसे बढ़ती ही जा रही है। परवल का भाव आठ आने से कम होता ही नहीं है। कहीं भी जैसे कोई सहारा नहीं दीखता था। विपिन बाबू अभी ठीक से सोए नहीं थे कि लगा, पास में कोई नहीं है। विन्दुवासिनी नहीं है, यह घर भी नहीं है। बाढ़ में बादामतल्ला डूब रहा है, पिण्टू भी जैसे डूबा जा रहा था। विपिन बाबू ने छपाक कूदकर पिण्टू का हाथ पकड़कर खींचा, "पिण्टू, पिण्टू !"

"क्या हुआ ?"

विपिन बाबू की चीख सुनकर विन्दुवासिनी पहले तो घबरा ही गई।

"चिल्ला क्यों रहे हो ? क्या हुआ ?"

अंधेरे में आंखें खोलकर विपिन बाबू को जरा दिलासा हुआ।

"तुम चीख क्यों रहे थे ? क्या हुआ था ?"

विपिन बाबू अभी तक हांफ रहे थे। क्या हुआ था ? बोले, "पिण्टू कहां है ?"

"वह तो उस कमरे में पढ़ रहा है। रोशनी नहीं देख रहे ?"

टीन के छप्पर की संधि से रोशनी आ रही थी। विपिन बाबू ने उसी ओर देखा। वह जैसे फिर से दुनिया पर लौट आए। बोले, "पिण्टू इतनी देर तक क्यों पढ़ता है ?"

विन्दुवासिनी ने इस बात का कोई जवाब नहीं दिया। बोली, "सपना देख रहे थे क्या ?"

"इतना पढ़ने से अगर आंखें खराब हो जाएं ?"

"इम्तहान करीब है, पढ़ेगा नहीं ?"

"बहू, ओ बहू, बाहर इतने सारे लोग क्या कर रहे हैं ?" बादामतल्ला वैसे सुनसान जगह है मकान-मालकिन

बुढ़िया हमेशा से ऐसे ही देखती आ रही है। कलकत्ते का शोरगुल आज तक कभी भी यहां तक नहीं पहुंचा था। सुबह आदमी के काम पर निकल जाने के बाद बुढ़िया हमेशा अकेली ही रहती आई है। इधर कुछ दिनों से जरूर आस-पास में दो-चार घर बन गए थे, लेकिन दोपहर के वक्त इतनी भीड़ क्यों?

बुढ़िया झटपट तख्त से उतरी। तख्ते के नीचे ही चीजें रहती थीं। बुढ़िया ने सब कुछ वैसे ही रखा था। अपनी संदूकची का जंग-खाया ताला उसने एक बार खींचकर देखा। इसके बाद खिड़की से बाहर देखने लगी।

"वे लोग कौन हैं बहू ?"

बिन्दुवासिनी ने भी देखा, कोट-पैण्ट पहने कुछ लोग इधर-उधर घूम रहे थे। साथ में कुछ कुली भी थे। नाप-जोख चल रही थी।

"हां जी, तुम लोग कौन हो ?"

शोर उन्हीं दिनों शुरू हुआ था। बादामतल्ले में सड़क बनेगी, नल और ड्रेन वगैरह लगाए जाएंगे। जोरों से काम चल रहा था। शहर में लोग अंट नहीं रहे थे। पाकिस्तान से हजारों-लाखों आदमी आए हैं। यह सारी जमीन भी शहर के हवाले हो जाएगी, यहां की जमीन की कीमत भी बढ़ेगी। और भी न जाने क्या-क्या होगा!

"तो भैया, हमारा घर भी तोड़ोगे क्या ?"

कोट-पैण्ट पहने आदमी ने कहा, "अगर आपका मकान तोड़ा जाएगा, तो सरकार उसका मुआवजा देगी।"

बुढ़िया रुआंसी हो गई। पूछा, "तब मैं रहूंगी कहां ? मेरा घर चला जाएगा तो मेरा क्या होगा ?"

बिन्दुवासिनी ने कहा, "उन लोगों से कहने से क्या फायदा ? उन बेचारों को क्या मालूम ? उन्हें आफिस से आने दो।"

बुढ़िया फिर भी बड़बड़ाती रही, "मुंहजला खुद मर गया, मुझे जलने को छोड़ गया। सोचा होगा, चलो छुट्टी हुई, निपूता

नरक में सड़ेगा। मरा यहीं पर आया था मकान बनवाने।"

विपिन बाबू के आफिस से आते ही बुढ़िया ने पूछा, "क्यों भैया, तुमने कुछ सुना? नासपीटे मुझे बेघर कर रहे हैं। तुम्हें कुछ मालूम है?"

कपड़े बदलते-बदलते विपिन बाबू ने कहा, "यहां की खाली पड़ी जमीन पर मकान बनेंगे, इसीलिए नाप-जोख कर रहे थे।"

"लेकिन घर टूटने पर मैं कहां जाऊंगी?"

"आप क्यों परेशान हो रही हैं? मैं तो हूं, मुझे भी तो कुछ ठीक करना होगा?"

"तुम तो भैया जहां घर मिल जाएगा, चले जाओगे। मुसीबत तो मेरी है, मुझे देखने वाला कौन है?"

लेकिन बुढ़िया के लिए किसी को कुछ न करना पड़ा। शायद विपिन बाबू का भी भाग्य अच्छा था। रास्ता बना तो जरूर, लेकिन घर से हटकर। ट्यूब-वेल भी लगा। विपिन बाबू को पानी लाने के लिए गली के मोड़ तक नहीं जाना होता था। सिर्फ एक पानी ही नहीं, जंगल साफ हो गया था। पहले शाम होते ही गीदड़ रोना शुरू कर देते थे, अब वे सब न जाने कहां चले गए थे। बुढ़िया कहती, "भला हो इस सरकार का, मरे सारी रात हाऊ-हाऊ करते थे।"

सचमुच बादामतल्ला जैसे एकदम बदल गया था। चारों ओर नये-नये मकान बन रहे थे। एक पूरा होता, दूसरा शुरू हो जाता। जिधर देखो, उधर ही ईंट, गारा और चूने के पहाड़। अब तक पिण्टू और विपिन बाबू के बाहर चले जाने पर विन्दु-वासिनी को बड़ा अकेला-अकेलापन महसूस होता था, लेकिन आजकल वैसा नहीं लगता था। सारे दिन खटपट-खटपट लगी रहती। कभी लारी आती और ईंटें पटककर चली जाती, कभी ठेले पर बांसों के गट्ठर आते। आजकल घर में घुसते ही विपिन बाबू को पांव नहीं धोने होते। आजकल आफिस से लौटकर पहले थोड़ी देर तक आंगन में बैठकर हवा खाते हैं फिर पिण्टू के आने

के बाद उसके कमरे में जाते। दीवार से लगा चीड़ का एक टेबल, उसपर करीने से लगी उसकी किताबें। अलगनी पर उसके कपड़े और टीन का एक सन्दूक, इसीमें पिण्टू ने अपनी गृहस्थी बसा रखी थी।"

"वह फोटो किसका है पिण्टू ?"

दीवार पर एक फोटो लटक रहा था। विपिन बाबू उसे ही देख रहे थे।

पिण्टू ने कहा, "राममोहन राय का।"

"राममोहन राय कौन ?"

"अपने बंगाल के एक महापुरुष और ब्रह्मसमाज के संस्थापक।"

"लेकिन इतने लोगों के रहते तुमने उन्हींका फोटो क्यों लटकाया है ? आजकल ब्रह्मसमाजियों के चक्कर में पड़ गए हो क्या ?"

"नहीं, सड़क पर दीख गया, सस्ते दामों में दे रहा था ले लिया।"

विपिन बाबू को अच्छा नहीं लगा। उन्हें एक सन्देह-सा होने लगा। पूछा, "वे क्या नौकरी करते थे ?"

पिण्टू ने बतलाया, "उन्होंने जिन्दगी में तरह-तरह की नौकरियां कीं, अन्त में दिल्ली के बादशाह की ओर से विलायत गए।"

"यह सब तो ठीक है, लेकिन आदमी कैसे थे ?"

"बड़े अच्छे आदमी थे।"

"अच्छे आदमी माने ईमानदार आदमी थे न ? आजकल तो सभी अच्छे हैं। अखबारों में रोज इन लोगों का नाम निकलता है, लेकिन असल में सभी बदमाश होते हैं। कहीं वैसा कोई तो नहीं है ?"

पिण्टू ने इस बात का कोई जवाब नहीं दिया। शुरू से ही विपिन बाबू उसे अपने मन माफिक बना रहे हैं, लेकिन जैसे-जैसे

बड़ा हो रहा है, वह मनमौजी होता जा रहा है। पहले उनके साथ बातचीत करता था, साथ-साथ घूमने जाता था। लाला की दुकान जाते समय भी पीछे-पीछे जाता, लेकिन कुछ दिनों से न जाने कैसा होता जा रहा है! देखते ही सिर झुका अपने कमरे में आ बैठता है।

विपिन बाबू ने कहा, "जो भी हो, जो लोग अच्छे हैं, महान हैं, उन्हीं को अपना आदर्श बनाओ। तुम्हारे अच्छे के लिए ही कहता हूं। मैं और कितने दिन हूं! मेरे बाद तुम्हें कौन कहने आएगा!"

ये बातें विपिन बाबू आज पहली बार नहीं कह रहे, शुरू से ही पिण्टू को सिखलाते आए हैं। बच्चे पालना क्या आसान काम है? नीरद बाबू कह रहे थे' "खबरदार, कलकत्ते शहर में बच्चों को आदमी बनाना बड़ा मुश्किल काम है। जिधर देखो, उधर ही बिगाड़ने वाले मौजूद हैं।" विपिन बाबू ने कह दिया था, "नहीं-नहीं, मेरा लड़का तो किसी से बात तक नहीं करता।"

पिण्टू बुरी सोहबत में तो नहीं गया, यह देखने के लिए विपिन बाबू कभी-कभी उसकी किताब-कापियां टटोलते। न जाने कहां-कहां से सब गन्दे-गन्दे उपन्यास और किस्सों की किताबें निकलती रहती हैं, छिपाकर शायद वही सब पढ़ता होगा, लेकिन नहीं, अच्छी तरह से देखने पर भी वैसा कुछ नहीं मिला। इस उम्र में एक बार अगर डिटेक्टिव नॉवेल की चाट लग गई तो लड़के को हाथ में रखना मुश्किल हो जाएगा।

कभी-कभी उसकी कमीजों और पैण्टों की जेबों में हाथ डालकर देखते। नहीं, सिगरेट-माचिस, कुछ भी नहीं है। वैसे नीरद बाबू कहते थे, "अगर आपका लड़का सिगरेट पीता भी होगा, तो क्या जेबों में रखेगा? आप भी खूब हैं!"

उसी दिन विपिन बाबू ने पत्नी से कह दिया था, "पिण्टू को ज्यादा पैसा-वैसा मत देना, समझी? छोटे बच्चों के हाथ में पैसा होने से आदत खराब होती है।"

विपिन बाबू के लिए पिण्टू जितना भी छोटा हो, सचमुच तो वह छोटा नहीं था ! उस दिन पता नहीं अचानक बाहर से किसीने पुकारा, "पिण्टू बाबू !"

पिण्टू बाबू ! अजीब-सा लगा। विन्दुबासिनी ने कहा, "कहीं अपने पिण्टू को तो नहीं पुकार रहा ?"

मकान-मालकिन बुढ़िया ने भी अपने कमरे में से आवाज दी, "बहू, ओ बहू ! तुम्हारे पिण्टू को कोई बुला रहा है।"

विपिन बाबू कपड़े धो रहे थे, अपने और पिण्टू के कपड़े। साबुन से सने हाथ लिए ही बाहर आ पहुंचे। पिण्टू का ही हमउम्र लड़का था। रेख निकल आई थी। हाथ में एक किताब थी, पैरों में चमचमाते जूते और लहरदार बाल।

"किसे पूछ रहे थे ?"

प्रशान्त बाबू हैं ?"

"तुम कौन हो ?"

लड़के ने इस सवाल का जवाब नहीं सोचा था। बोला, "मैं भवानीपुर में रहता हूं।"

"सो तो ठीक है, लेकिन तुम्हारा नाम क्या है ?"

"मेरा नाम तन्मय।"

"सिर्फ तन्मय ?" आगे-पीछे कुछ भी नहीं ?" अपना पूरा नाम भी बतलाना नहीं सीखा ?"

"जी, तन्मय दत्त।"

"कायस्थ न ?"

"जी हां, कायस्थ।"

"लेकिन पिण्टू के साथ तुम्हें क्या काम है ? उससे जान-पहचान कैसे हुई है ?"

"जी, हम लोग एक साथ पढ़ते हैं। एक ही कालेज में "

एक ही कॉलेज का नाम सुनकर विपिन बाबू को जरा तसल्ली हुई। फिर भी पूछा, "तुम्हारे पिताजी क्या करते हैं ?"

"वकील हैं, वकालत करते हैं।"

वकालत ! बात विपिन बाबू को खास पसन्द नहीं आई। यह धन्धा उन्हें कभी पसन्द नहीं था। सिर्फ बेईमानी और धोखा-धड़ी। पिण्टू को और कोई भी नहीं मिला, वकील के लड़के के साथ दोस्ती की ! किसी बड़े गजटेड आफिसर के लड़के को दोस्त बना सकता था।

"लेकिन वह तो खा-पीकर कॉलेज गया है। तुम्हें नहीं मिला ?"

"प्रशान्त बाबू तो आज कॉलेज नहीं गए।"

"कॉलेज नहीं गया !"

"जी हां, मैं तो कॉलेज से ही आ रहा हूं। एक किताब लेनी थी, इसीलिए।"

विपिन बाबू के पैरों तले से धरती जैसे खिसक रही थी। इतनी मुश्किल से मर-खपकर लड़के की पढ़ाई का खर्चा जुटा रहे हैं, लेकिन पिण्टू कॉलेज नहीं गया तो आखिर गया कहां ? इस पिण्टू के लिए वे एक-एक पैसे का हिसाब रखते हैं। कोआपरेटिव से लिए लोन का सूद हर महीने तनख्वाह में से कट जाता है। रामदीन का रुपया और भी बढ़ गया है।

"प्रशान्त बाबू के आने पर कह दीजिएगा, तन्मय आया था।"

वकील का लड़का है तो क्या हुआ, पढ़ाई-लिखाई का कितना ध्यान है ! और पिण्टू है एक क्लर्क का लड़का ! शायद इसीलिए यह हाल है, पढ़ने-लिखने से जी चुराता है।

तन्मय के चले जाने के बाद विपिन बाबू काफी देर तक उसी ओर देखते रहे, लेकिन ज्यादा दूर तक नहीं देख पाए। नये-नये उठते मकान और ईंट-गारा और चूने में सब गायब हो चुका था। विपिन बाबू की इतने दिनों की सारी आशा, सारी तमन्ना चूर-चूर हो गई।

चारों ओर बड़ी-बड़ी सर्चलाइट का फोकस। आस-पास में अंधेरा। सिर के ऊपर टीन की चद्दर। गरमी के कारण बदन झुलसा जा रहा था। उसी के बीच एक लड़का सिगरेट हाथ में लिए चुपचाप खड़ा था। एक हाथ में किताबें और दूसरे में सिगरेट।

अचानक सामने वाले का दरवाजा खोलकर एक लड़की दौड़ी-दौड़ी आती है और लड़के के बिलकुल सामने खड़ी होती है। आते ही लड़की लाल-पीली होकर कहती है, "आप रोज-रोज यहां खड़े-खड़े क्या करते हैं? क्या देखते हैं?"

लड़का जरा भी घबराया नहीं, उसने हंसते-हंसते कहा, "तुम्हें!"

लड़की भी सीधी नहीं थी। बोली, "अगर फिर किसी दिन इस तरह देखते हुए पाया तो इसी तरह फटाक से चांटा लगेगा!" कहकर लड़की ने सचमुच ही लड़के के गाल पर चांटा रसीद कर दिया।

चांटा मारकर लड़की जा ही रही थी, लेकिन लड़के ने चट से लड़की का एक हाथ पकड़ लिया। लड़की घूमकर खड़ी हो गई।

"एक बात, सिर्फ एक बात कहती जाओ।"

"क्या?"

"तुम्हें देखने के लिए जो मैं रोज कालेज छोड़-छोड़कर आता हूं, उसकी क्या जरा भी कीमत नहीं है? मेरे पिताजी कितनी मुश्किल से मेरी फीस के लिए रुपये देते हैं, क्या उसकी भी कोई कीमत नहीं है?"

लड़की ने हाथ छुड़ाकर कहा, "इस बार तो चांटा ही मारा, अब देखती हूं, बिना चप्पल खाए आपका दिमाग ठिकाने नहीं आएगा।" कहकर लड़की फिर से अपने घर को जाने लगी।

लड़के ने चिल्लाकर कहा, "लेकिन प्यार करना क्या पाप है

है सुलता ? कह जाओ, जवाब दे जाओ, सुनो !"

लड़की ने तब तक दरवाजा बन्द कर लिया था।

डायरेक्टर ने कहा, "कट !"

और साथ ही साथ सारी रोशनियां ऑन हो गईं। असिस्टेण्ट डायरेक्टर आगे बढ़ आए। अब तक पंखे बन्द थे। अब फिर से चलने लगे। जो लड़की दरवाजा बन्द कर चली गई थी, हंसते-हंसते बाहर निकल आई। बोली, "एक कप चाय मंगवाइए न।"

डायरेक्टर सुव्रत राय ने कहा, "वेरी गुड मीना, वेरी गुड !"

हीरो पास ही खड़ा था। उसने कहा, "लेकिन सुव्रत, मीना ने चांटा जरा कसकर लगा दिया, गाल अभी तक चिन-चिना रहा है।"

पीछे अंधेरे में खड़ा पिण्टू बड़े ध्यान से सब कुछ देख रहा था।

"प्रशान्त, सिगरेट चलेगी ?"

इतनी देर बाद जैसे पिण्टू की नींद टूटी। इधर-उधर देखा, फिर पूछा, "वह जो लड़की है न, उसका नाम क्या है ?"

"उसे नहीं जानते ? एक-दो फिल्मों में साइड-रोल किया है, अभी तक खास फेमस नहीं हुई। अगर यही फिल्म हिट हो जाए तो पन्द्रह हजार रुपये तो इसी को देने होंगे।"

"पन्द्रह हजार ?"

जयन्त राय को बहुत कुछ मालूम है। कालेज में भर्ती होने वाले दिन से ही पिण्टू और जयन्त में दोस्ती हो गई थी। उसकी शक्ल में जैसे कहीं कोई आकर्षण था। जयन्त कलकत्ता शहर के चप्पे-चप्पे के बारे में जानता था। क्लास से पीरियड गोलकर चाय पिलाने ले जाता। चाय पिलाता, सिगरेट पिलाता। शायद प्रशान्त उसे काफी पसन्द आ गया था। जयन्त कहता, "तुमने लगता है,

जिन्दगी में कुछ भी नहीं देखा। सिगरेट पीने में क्या बुराई है ?"

पिण्टू आंख फाड़े उसकी ओर देखता रहता, फिर कहता, "नहीं-नहीं, मैं सिगरेट नहीं पीता।"

"अरे तो भी, सिगरेट से कैरेक्टर खराब नहीं होता, यह सब प्री-वार आइडिया छोड़ो, अभी तक जाने कहां-कहां के बैक डेटेड आइडिया जकड़े बैठे हो !"

"नहीं, पिताजी को पता चल गया तो खैर नहीं है।"

"अरे पिताजी की बात छोड़ो, ये लोग तो हर बात में ही गुस्सा दिखलाते हैं। इन लोगों के वक्त में न सिनेमा था, न सिगरेट। उस समय तो बस थियेटर दखो और हुक्का गुड़गुड़ाओ।"

"मेरे पिताजी को तम्बाकू की लत नहीं है। बड़े सच्चे आदमी हैं। हमेशा विद्यासागर, स्वामी विवेकानन्द और सर पी० सी० राय जैसा बनने को कहते हैं।"

"इसीलिए तो कहता हूं कि बैक डेटेड हैं। आपके पिता जी ही क्यों, मेरे पिताजी का भी यही हाल है। लेकिन उन्हें पता कैसे चलेगा ! लो, सिगरेट लो।"

शुरू-शुरू में पिण्टू इन चीजों से दूर ही रहा, लेकिन कहां बादामतल्ला और कहां यह कालेज ! कालेज-कम्पाउण्ड के सामने ही एक पार्क है। दोनों जाकर घास पर बैठते। क्लास में प्रॉक्सी का इन्तजाम था।

पिण्टू पूछता, "आपको जेब-खर्च के लिए इतना रुपया कहां से मिलता है ?"

"क्यों ? पिताजी से। आपके पिताजी नहीं देते ?"

"मेरे पिताजी बस के किराये-भर का पैसा देते हैं, और चार आने एमर्जेन्सी के लिए रहते हैं। उनका कहना है, ज्यादा पैसे लेकर बाहर निकलना अच्छी बात नहीं है।"

"वही सब बैक डेटेड आउटलुक। मालूम है, कॉनवेण्ट में हम लोगों के लिए जेब-खर्च कम्पलसरी था। शुरू-शुरू में वीकली ए क

रुपया, बाद में डेली। बचपन से रुपया-पैसा हाथों में होने से हिसाब रखने में सहूलियत होती है।"

तभी अचानक सामने की ओर देखकर कहा, "उधर देखो, वह लड़की हम लोगों की ओर ताक रही है।"

पिण्टू ने भी उस ओर देखा। "कहां? इधर-उधर, दायें-बायें, सामने, कहां? कोई भी तो नहीं है।"

"उधर नहीं, उस तिमंजिले मकान के पश्चिम की ओर की खिड़की में देखो।"

पहले तो तिमंजिला मकान ढूंढ़ने में काफी मुश्किल हुई। फिर खिड़की। जब तक खिड़की दिखलाई दी, लड़की का पता नहीं था।

"देखा नहीं, इशारा कर रही है?"

"कहां, लड़की कहां है?"

"चश्मा लो, चश्मा! जीती-जागती लड़की दिखलाई नहीं देती? वह देखो, इशारा कर रही है।"

कहां लड़की और कहां उसकी उंगलियां, पिण्टू को कुछ भी दिखलाई नहीं दे रहा था।

"यह देखो, मेरी आंखों के साथ नजर मिलाकर देखो।"

जयन्त के पास बैठते, तिमंजिली इमारत की ओर देखते ही जयन्त ने कहा, "धत्तेरे की, तुम्हें देखते ही भाग गई।"

लड़की कब थी और कब भाग गई, कुछ भी समझ में नहीं आया।

जयन्त ने फिर कहा, "तुमने देखने की कोशिश की, इसीलिए भाग गई।"

"क्यों, मेरे आते ही हट क्यों गई?"

जरा मुस्कराकर जयन्त ने सिगरेट सुलगाई, फिर कहा, "मुझे जानती है।"

"तुम्हें जानती है?"

"इसीलिए तो रोज आता हूं यहां। उसके पिताजी आफिस

चले जाते हैं, और वह भी खिड़की के पास आकर खड़ी होती है, मैं भी आ बैठता हूं।"

इसके बाद बोला, "चलो, और नहीं, उसकी मां सोकर उठने वाली होगी।"

"तुम उसके मां-बाप को भी जानते हो ?"

"जानूंगा कैसे, अन्दाज से कहता हूं। अन्दाज से बहुत कुछ जाना जा सकता है। उसने जो दो उंगलियां दिखलाईं, इसका मतलब है कि कल भी आना।"

"और रविवार ?"

"रविवार को कैसे होगा ? उस दिन तो उसके पिताजी घर पर रहते हैं। बड़े कड़े आदमी हैं। चलो, जरा चाय-वाय पी जाए।"

अब तक पिण्टू जिस दुनिया में पल रहा था, भवानीपुर के इस कालेज की दुनिया उससे अलग थी। यह किताबी या देखी हुई दुनिया नहीं थी, यह थी सुनी हुई दुनिया। जयन्त से सुनी एक नई दुनिया। इस दुनिया में बादामतल्ला नहीं है, यहां पर किसी के भी पिताजी टर्नबुल एण्ड जानसन कम्पनी में क्लर्की नहीं करते। यहां के पिताजी गिन-गिनकर बस का किराया नहीं देते। इस दुनिया में क्लास में प्रॉक्सी का इन्तजाम करके तिमंजिली इमारत की ओर बैठे बैठे ताकते रहो। अगर प्यास लगे तो रेस्तरां में घुसकर चाय पी आओ। इम्तिहान का समय आने पर देखा जाएगा। फिलहाल एक फाइल हाथ में लिए कालेज चलो और किताबें खरीदने को मिले पैसों से सिगरेट खरीदकर पियो।

पिण्टू कभी-कभी कहता, "लेकिन यह क्या ठीक कर रहा हूं ?"

जयन्त ने कहा, "क्यों, ठीक क्यों नहीं है ?"

"पिताजी को अगर पता चला तो बड़े दुखी होंगे।"

"फिर वही बैक डेटेड आइडिया। दुनिया में नियम-कानून मानकर चलने वाला कोई भी आदमी बड़ा हुआ है ? जो लोग दस

से पांच तक ऑफिस में काम करते हैं और शाम के समय घर लौटते हैं, वे लोग साधारण आदमी होते हैं। हम लोग असाधारण हैं, जीनियस हैं, हम लोग क्यों नियम-कानून मानकर चलें ?"

कालेज से आकर पिण्टू चारों ओर देखता। इतने दिन कभी भी उसने घर की ओर ध्यान नहीं दिया था। यहां आकर अचानक पता लगा कि मकान-मालकिन बड़ी कंजूस है। एक-एक पैसा दांत से पकड़ती है। किराया देने में जरा भी देर होने पर गुस्सा हो जाती है। इसके अलावा यह भी देखा कि पिताजी के पास पैसा भी नहीं है। उन्हें जो तनख्वाह मिलती है, वह बहुत ही कम है। अब तक उसे यह भी नही मालूम था कि पिताजी को मिलता कितना है। मालूम करने की कोशिश भी नहीं करता, लेकिन उस दिन खाना खाते समय पूछ बैठा, "मां, पिताजी की तनख्वाह कितनी है ?"

विन्दुवासिनी को भी सवाल बड़ा अजीब लगा। कहा, 'यह तो नहीं मालूम ?"

"वाह, पिताजी की तनख्वाह कितनी है, तुम्हें यह भी नहीं मालूम।"

"लेकिन मुझे जानने की जरूरत भी क्या है ? मुझे जितनी जरूरत होती है, माग लेती हूं।"

पिण्टू ने कहा, "मेरा एक दोस्त है, उसके पिताजी बहुत-सा रुपया कमाते हैं, वकील है।"

सुनकर मां ने कहा, "अच्छा ही तो हैं।"

"लेकिन पिताजी को ज्यादा तनख्वाह क्यों नहीं मिलती ?"

मां ने कहा, "क्या मालूम, क्यों नहीं मिलती ! सभी को क्या ज्यादा पैसा मिलता है ? किसी को कम, किसी को ज्यादा, यही तो नियम है। लेकिन अचानक तनख्वाह की बात क्यों पूछ रहा है ?"

"पिताजी को अगर ज्यादा रुपया मिलता तो अच्छा होता न ?"

"सो तो होता ही ।"

"पिताजी को शायद दो सौ रुपये मिलते होंगे ? तुम्हारा क्या ख्याल है ?"

"मुझे यह सब नहीं मालूम । अच्छा, मैं आज पूछ लूंगी ।"

"नहीं-नहीं, पूछने की जरूरत नहीं है, मैं तो ऐसे ही पूछ रहा था ।"

"क्यों ? तुझे रुपये की जरूरत है ?"

"अरे नहीं, यह बात नहीं है, मैं तो कह रहा था कि हम लोगों के पास भी अगर ज्यादा रुपया होता, तो कितना अच्छा होता ! जयन्त की तरह से भवानीपुर में एक मकान बनवाया जाता ।"

"जयन्त कौन है ?"

"उसे तुम नहीं पहचानोगी । बहुत बड़े आदमी का लड़का है । रोज वही तो रेस्तरां में मुझे चाय पिलाता है । भवानीपुर में उसका काफी बड़ा मकान है ।"

कहां का भवानीपुर और कहां का मकान, विन्दुवासिनी को कुछ भी पता नहीं था । बादामतल्ले और भवानीपुर में कितना फर्क है, उसे यह भी पता नहीं था ।

लड़के की थाली की ओर देखकर कहा, "थोड़ा-सा भात और दूं ?"

पिण्टू ने इस बात का कोई जवाब नहीं दिया । फिर कहा, "इस कमीज को पहनने में मुझे शर्म आती है, मां !"

"क्यों, फट गई है क्या ?"

"फटने क्यों लगी ? लेकिन ऐसे कपड़े आजकल कोई नहीं पहनता । पिताजी पता नहीं कहां से लाते हैं । इससे तो मुझे पैसे दे दो, मैं खुद दर्जी की दुकान पर जाकर सिलवा लूंगा ।"

सचमुच पिण्टू को बड़ी शर्म आती थी । कॉलेज में किसी की भी कमीज ऐसी नहीं है । सभी इस्तरी किए कपड़े पहनते हैं । कलफ किए कपड़े, स्टिफ कालर । गले के पास से जिसे सभी लोग

ऊंचा किए रहते। लेकिन ये कपड़े ! उन लोगों के बाल भी कितने अच्छे हैं। बादामतल्ले में तो एक ही नाई है। उसी को बुलाना होता है। बंकिम पिताजी के बाल बनाता है, पिण्टू के भी बना देता है। शुरू से यही चल रहा था। विपिन बाबू खुद खड़े रहकर उसके बाल बनवाते। कहते, "अच्छी तरह से बनाना बंकिम !"

"जी, कहना नहीं होगा।"

कैंची लिए-लिए बंकिम इधर-उधर घूमकर बाल काटता। विपिन बाबू भी उसके साथ घूम-घूमकर देखते और निर्देश करते जाते, "गर्दन के पास जरा और छोटे कर दो बंकिम !"

तभी अचानक कहते, "यह क्या, सामने की ओर इतने बड़े-बड़े बाल ?"

बंकिम कहता, "जी, बड़े हैं क्या ? और छोटे करू ?"

"हां, मैं लुंगाड़ों जैसे बाल जरा भी नहीं देख सकता।"

इन सब मामलों में पिण्टू को कुछ भी बोलने का हक़ नहीं था। विपिन बाबू जैसे बाप के साथ रहने पर उसकी इच्छा-अनिच्छा का सवाल ही नहीं उठता था। लड़के का भला-बुरा बाप से ज्यादा कौन समझेगा ?

"हां, अब ठीक है। देखूं, जरा सिर ऊंचा करो।"

बंकिम कहता, "जी, अब तो छोटे बाबू की उम्र हो गई, अगर जरा शौक़..."

"नहीं-नहीं, बंकिम, तुम समझते नहीं हो, हम लोगों के बाल पक गए। हमें पता है, कहां क्या होगा। यह सब फैशन और शौकीन-मिजाजी बहुत देखी है, इनसे कोई महान नहीं हुआ। स्वामी विवेकानंद, विद्यासागर, पी० सी० राय, कोई भी नहीं हुआ।"

यही चल भी रहा था। किसी को एतराज भी नहीं था, न बाप को, न बेटे को। लेकिन कालेज में एडमीशन लेते ही पिण्टू;

दूसरे लड़कों के साथ अपनी तुलना करने लगा। उन लोगों जैसा बनने के लिए उसके मन में अपने प्रति, अपने पिता विपिन बाबू के प्रति विद्रोह की भावना उमड़ने लगी।

लेकिन उन्हीं दिनों एक दुर्घटना हो गई।

दोपहर-शाम जब देखो तब मिस्त्री लोग दूम-दाम करते। कान बहरे होने लगे थे। दोपहर के समय बुढ़िया सो नहीं पाती थी। एक बीमार उस पर यह आफत। बेचारी बड़बड़ाती, "मुंहजलों को उठा क्यों नहीं लेता! नासपीटे यहीं मरने आए हैं।"

विन्दुवासिनी पूछती, "क्या हुआ अम्मा? किससे कह रही हो?"

बुढ़िया कहती, ये मुंहजले बहुत जला रहे हैं, जरा आंख झपकाना भी मुश्किल कर दिया है।"

"किसकी बात कर रही हो?"

"यही मरे मिस्तरी, सारे दिन दूम-दाम करते हैं न, मरों ने कान फाड़ डाले..."

सच ही तो! इधर-उधर, हर ओर घर बन रहे थे। ईंटों और पत्थर के पक्के मकान। लारियों में सीमेंट के बस्ते आते। एक मकान बनकर तैयार होता, एक और शुरू हो जाता। पहले दिखलाई देता था उस ओर मैदान के छोर पर, जहां से बांसों का जंगल शुरू होता है, कुछ लोग दमादम बांस काट रहे थे। देखते-देखते जगह साफ हो गई। पहले गीदड़ रोते थे, आजकल उनकी आवाज सुनाई नहीं देती।

बुढ़िया की आंखों में उतनी तेजी नहीं थी। फिर भी देखने की कोशिश करती थी। कहती, "बहू, देखो न उस ओर, कितना साफ हो गया है!"

विन्दुवासिनी कहती, "हां।"

"बांसों के झाड़ काट डाले हैं?"

"हां।"

"चलो, छुट्टी हो गई। चोर-डाकुओं का अड्डा था बहू, अब

रात को चैन से सो पाऊंगी।"

बांस कटने के बाद आईं ईंटें, फिर सीमेण्ट, चूना, गारा और दीवार खड़ी होती, फिर छत और फिर रंग रोगन होता। आखिर में एक दिन मोटर गाड़ी में बैठे लोग आते। रेडियो बजना शुरू हो जाता। रसोई की चिमनी से धुआ उठने लगता।

इसी तरह एक के बाद एक।

उस दिन विपिन बाबू अपने को नहीं रोक पाए। खा-पीकर दो मिनट आराम करने के लिए लेटे थे। वही दूम-दाम; कान जैसे फटने लगे थे।

बगल में ही किसी का मकान बन रहा था। पहली मंजिल बन चुकी थी। अब दूसरी मंजिल का काम हो रहा था। वैसे काम काफी दिनों से हो रहा था, पर विपिन बाबू आज जैसे अपने को रोक नहीं पाए। उसी हालत में, नंगे बदन बाहर निकल गए। मिस्त्री पास में ही काम कर रहे थे। जाकर बरसने लगे, "ए, आखिर तुम लोगों ने सोचा क्या है?"

मजदूरों का शोरगुल एकदम रुक गया, सबके सब भौचक्के से ताकने लगे।

उन लोगों ने कोई जवाब नहीं दिया।

विपिन बाबू और भी आगबबूला हो गए। एकदम आगे बढ़कर चिल्लाने लगे, "तुम लोगों ने आखिर सोचा क्या है? दो मिनट चैन से बैठना भी हराम कर दिया है!"

"अगर शोरगुल बन्द नहीं करोगे तो पुलिस में रिपोर्ट कर दूंगा, समझे? इतना शोरगुल नहीं कर पाओगे, कहे देता हूं।"

कहकर विपिन बाबू गुस्से से भुनभुनाते अपने घर में चले आए।

बुढ़िया सब सुन रही थी। बड़बड़ाने लगी, "मरों को दिमाग हो गया है, पक्का मकान बनवा रहे हैं न, सो दिमाग हो गया है। मेरा घर टीन का है, सो आदमी ही नहीं समझते—अच्छा हुआ, बहुत अच्छा हुआ।"

स्टूडियो के सारे पंखे फिर से बन्द हो गए।

जयन्त ने कहा, "चुप हो जाओ, एक और सीन 'टेक' होगा।"

फिर से सीन लिया जाने लगा। मीना और हीरो आकर खड़े हुए। इस बार सड़क नहीं। अब की चाय की दुकान थी। केबिन में बैठे दोनों चाय पी रहे थे और गप्प लड़ा रहे थे।

पिण्टू को लगा, यह एक और ही दुनिया है। सारा अतीत जैसे उसकी नजरों से पुछ चुका था। वर्तमान और भविष्य का भी उसे ध्यान नहीं था। पिण्टू जैसे अकेला है। इस दुनिया के मैदान, रास्ते, गली, सब कुछ जैसे निश्चिन्त हो गया है। यहां रोज सुबह बाजार से सब्जी-तरकारी लाने की कोई कीमत नहीं है। यहां पर पैसा कहां से आता है, यह जानने की जरूरत भी किसीको महसूस नहीं होती। यहां पर कितनी सरलता से प्यार उमड़ता है, यहां पर नजरें मिल जाने पर वे लोग रेस्तरां में जाकर घण्टों तक चाय पीते हैं, और प्यार की बातें की जाती हैं। यहां पैसा कमाने की जिम्मेदारी नहीं है, खर्च करने की पूरी-पूरी आजादी है। यहां इम्तहान नहीं है, पास या फेल होने की चिन्ता नहीं है, कॉलेज न जाकर इधर-उधर चक्कर काटने वाला संकोच भी नहीं है।

पिण्टू देखते-देखते जैसे उसी में खो गया।

यह भी एक दुनिया है। सड़क के किनारे दीवारों पर कितने पोस्टर देखे हैं। सिनेमा-हाउसों के सामने लोगों की भीड़ भी देखता आया है। कभी भी अन्दर जाने की या उसे देखने की इच्छा नहीं हुई। हमेशा सुना है, यह बुरी बात है। सिनेमा मनुष्य को पतन की ओर ढकेलता है। लेकिन उसके पीछे एक और भी दुनिया है, यह किसे पता था। यह तो छाया नहीं है। यहां तो सब चलते-फिरते आदमी हैं···।

तभी जयन्त ने कहा, "ले, एक सिगरेट पी···।"

पिण्टू ने हाथ बढ़ाकर सिगरेट ले ली। जयन्त ने सुलगा दी।

"रोज तो पीता नहीं है, कभी-कभी एक-आध पी लिया कर।"

पिण्टू ने पूछा, "तू यहां रोज आता है?"

"जिस दिन शूटिंग होती है, उसी दिन आता हूं, मीना मेरी दोस्त है न।"

"हैं?"

"अभी भी ज्यादा लोग नहीं जानते, जिस समय कोई भी नहीं जानता था, मैं ही पैसे देता था। बिना मेरी सहायता के इन लोगों का बचना मुश्किल हो गया था, इसी वजह से मुझे यहां पर आने दिया है।"

जयन्त के प्रति जितनी श्रद्धा थी, आज जैसे और भी बढ़ गई। पिण्टू ने जयन्त की ओर देखा।

जयन्त ने पूछा, "सिगरेट कैसी लग रही है?"

पिण्टू ने कहा, "एक गड़बड़ हो गई।"

"क्या हुआ?"

"तन्मय को जानता है न? उसने आज मेरे यहां आने को कहा था, एकदम भूल गया। एक किताब लौटाने की बात थी।"

जयन्त ने कहा, "वह शायद भूल गया होगा, और फिर तू तो कालेज भी नहीं गया, वह आज तेरे घर नहीं जाएगा।"

अचानक जैसे झटका-सा लगा। सारा स्वर्ग जैसे ओझल हो गया। चारों ओर से फिर शोरगुल शुरू हो गया। पैक अप, पैक अप! पंखे फिर से चलने लगे। शूटिंग कब पूरी हो गई थी, पता ही नहीं चला। सब लोग उठकर खड़े हो गए।

"बेटा जयन्त, चलो।"

साठ-सत्तर के आस-पास के एक बूढ़े आदमी ने जयन्त के पास आकर कहा। लम्बा-चौड़ा बदन, झकाझक कपड़े और चमचमाते जूते।

"कैसा लगा ?"

जयन्त ने कहा, "वण्डरफुल ! आज तो मीना ने कमाल कर दिया।"

उस बूढ़े आदमी ने कहा, "तुम चार जने अच्छा कहते हो तो अच्छा ही होगा।"

कहकर उस आदमी ने हाथ जोड़कर इष्टदेव को प्रणाम किया।

"आज मन्दिर जाकर पूजा चढ़ा आया हूं, उसी का भरोसा है। मैंने मीना से कह दिया है, एक दिन तेरा भी नाम होगा बेटी, तेरी भी नई मोटर आएगी।"

जयन्त ने कहा, "जरूर होगा, मैंने उसमें प्रतिभा देखी है और देख लीजिए, हीरोइन बना दिया।"

"इसीलिए तो मैंने मीना से कहा है, एक दिन तुम्हारा नाम होगा ही, लेकिन बेटी, कभी भी घमण्ड न करना, घमण्ड होते ही कैरियर के बारह बज जाएंगे, लेकिन आज तुम्हें कॉलेज नहीं जाना ?"

"आज कॉलेज नहीं गया, प्रॉक्सी का इन्तजाम करके भाग आया हूं।"

"अच्छा ही किया, मीना की शूटिंग का आज पहला दिन था।"

जयन्त ने पूछा, "मीना कहां है ?"

"मेकअप साफ कर रही है।"

"जाऊं, जरा कांग्रेचुलेट कर आऊं।" कहकर जयन्त ग्रीनरूम की ओर चला गया।

पिण्टू अकेला खड़ा रहा। उस आदमी ने पूछा, "आप कौन हैं ? लगता है, जयन्त के दोस्त हैं ?"

"जी हां, हम लोग एक कॉलेज में एकसाथ पढ़ते हैं।"

"अच्छा, लेकिन मीना का काम कैसा लगा ? बेचारी बड़ी अच्छी लड़की है। मैं उसे सिनेमा की लाइन में नहीं आने देना

चाहता था, लेकिन जयन्त की कोशिश से पढ़-लिखकर यह इस लाइन में आई है। जयन्त ने कहा, "मीना में प्रतिभा है, उसे आप न रोकिए। मैंने सोचा, मैं तो उस जमाने का आदमी ठहरा, बेचारी का कैरियर क्यों खराब करूं, लेकिन आपको अभिनय पसन्द आया न ?"

पिण्टू ने कहा, "मुझे 'आप-आप' क्यों कर रहे हैं ?"

"नहीं भैया, किसके मन में क्या है, सब कुछ पता नहीं चलता न। यही देखो न, इन लोगों का कहना है, आप बेकार स्टूडियो आने की तकलीफ क्यों उठाते है, आप इस गरमी में यहां क्यों परेशान होते है, घर पर आराम करिए। लेकिन मेरी लड़की यहां काम करे और मैं घर पर सोऊं, भला नींद आ सकती है ? जितनी देर शूटिंग चलती रही, जी धुक-धुक कर रहा था, बेचारी की उम्र ही क्या है !"

पिण्टू ने कहा, "आपकी लड़की जरूर ही एक दिन 'शाइन' करेगी !"

"तुम लोगों का भगवान भला करे ! लाखों रुपयें का मालिक था एक दिन, सब फूंक डाला। खानदानी घर, सम्पत्ति, जायदाद, सब उड़ा डाली, घर-गृहस्थी करने की भी इच्छा नहीं थी।"

इतने सारे लोगों के बीच ही वह आदमी बहुत कुछ कहता रहा।

पिण्टू आश्चर्य से सुन रहा था। अजीव आदमी है। भीड़ में खड़े-खड़े भी किसी बात का खयाल ही नहीं है। इस तरह का आदमी पिण्टू ने आज पहली बार वेखा।

वह आदमी तब भी कहे जा रहा था, "घर-गृहस्थी के झंझट से जी ऊब चुका था, इसी के लिए सब किया, मीना ही मेरे लिए सब कुछ है।"

",पिताजी, चलिए।"

पिण्टू चौंक गया।

पीछे घूमकर देखा। उसने कीमती साड़ी, मेपकप, गहने, सब

उतार डाले थे। सादी-सी एक छपी साड़ी पहने मीना सामने खड़ी थी। लेकिन फिर भी देखने लायक थी।

पीछे-पीछे जयन्त भी आ खड़ा हुआ।

"प्रशान्त, चल।"

"चलो भाई, चलो।" कहकर वह बूढ़ा आदमी भी लड़की के साथ बाहर की ओर चलने लगा। जयन्त ने पीछे से कान में कहा, "चल, तुझे उतार दूंगा, तुझे घर जाना है न!"

घर का नाम सुनते ही पिण्टू को लगा, चारों ओर अंधेरा छा गया है। दोपहर के समय कालेज छोड़ा था और अब सड़क की बत्तियां जल रही थीं। घर लौटने में इतनी देर तो कभी भी नहीं हुई। पता नहीं, पिताजी क्या कहेंगे!

पिण्टू ने धीरे से पूछा, "तू क्या इस समय इन लोगों के साथ ही जाएगा?"

जयन्त ने कहा, "हां, स्टूडियो टैक्सी का किराया देगा। अभी मीना की गाड़ी कहां है?"

"ये लोग रहते कहां हैं?"

"हम लोगों के यहां, भवानीपुर में।"

सुनकर पिण्टू चौंक उठा, "तेरे घर?"

"हां, हम लोगों के किरायेदार हैं।"

बाद में जयन्त ने सब कुछ समझा दिया।

"हम लोगों के तीन मकान हैं। एक में हम लोग रहते हैं और दो किराये पर उठा दिए हैं। इन लोगों के पास फ्लैट है।"

जयन्त के ऊपर पिण्टू की श्रद्धा धीरे-धीरे और भी बढ़ रही थी। इतने दिनों से एक साथ पढ़ रहे हैं, कभी भी नहीं बतलाया। रास्ते चलती या घर के बरामदे में खड़ी कितनी ही लड़कियों के साथ इशारेबाजी करता था। पिण्टू को यह सब अच्छा भी नहीं लगता था, लेकिन आज मीना के साथ इतनी घनिष्ठता देखकर उसे बड़ा आश्चर्य हो रहा था।

"और किरायेदार भी नाम के। एक पैसा भी किराये का

नहीं देते।"

"क्यों, किराया क्यों नहीं देते ?"

जयन्त ने कहा, "साठ रुपये किराया देंगे कहां से ? अब तक क्या पैसा था ?"

"लेकिन अब कमा रही है।"

"वह तो मैंने सिनेमा में काम दिला दिया, इसीसे। नहीं तो अभी तक एक्स्ट्रा का पार्ट करती थी, इस बार सुव्रत राय से कहकर मैंने हीरोइन बनवा दिया है।"

"लेकिन अब तो किराया देना चाहिए।"

जयन्त ने कहा, "ये लोग दें भी तो क्या मैं लेने वाला हूं !"

"क्यों, किराया क्यों नहीं लेना ?"

"किराया देना है—तो पांच साल का किराया देना होगा, पांच साल से एक पैसा नहीं दिया है।"

"हैं ? तेरे पिताजी कुछ नहीं कहते ?"

जयन्त हंसने लगा। बोला, "पिताजी को पता चले, तब न कहेंगे ! मैं हर महीने अपने जेब-खर्च के रुपये से इन लोगों का किराया अदा कर देता हूं।"

"क्यों ?"

"यह फिर कभी बतलाऊंगा—और इन लोगों का भी नया मकान बनने वाला है।"

"अपना मकान ?"

जयन्त ने कहा, "हां, जमीन खरीदकर काम शुरू करा दिया है, बाकी काफी रुपया मिल गया है।"

"मकान कहां बनवा रहे हैं ? किस जगह ?"

"बेहाला, न और कहीं बनवा रहे हैं।"

तब तक टैक्सी आ गई थी। जयन्त ने कहा, "प्रशान्त, तू सामने की ओर बैठ।"

पहले मीना अन्दर बैठी, फिर जयन्त ने कहा, "चाचा जी, अब आप बैठिए।"

चाची जी ने कहा, "नहीं बेटा, तुम पहले बैठो, मैं तो बूढ़ा आदमी ठहरा, एक ओर बैठना ही ठीक है।"

टैक्सी चलने लगी। स्टूडियो का गेट छोड़कर सड़क पर आ गई।

चाचीजी ने कहा, "सुबह से जी धक-धक कर रहा था, न जाने क्या होगा! भगवान की कृपा से सब ठीक हो गया। सुव्रत बाबू तो कह रहे थे, मीना का काम बड़ा अच्छा रहा, अब नसीब में क्या लिखा है, किसे पता!"

जयन्त ने कहा, आप जरा भी फिक्र न करें। मैं तो हूं, मेरे रहते आपको जरा भी तकलीफ करने की जरूरत नहीं है, कल से आप स्टूडियो भी न आएं।"

"तुम कहते क्या हो! आज शूटिंग होगी, इसी वजह से कल सारी रात सो नहीं पाया, मालूम है?"

लयन्त ने कहा, "आपकी लड़की को सत्तर हजार की गाड़ी खरीदवाकर ही रहूंगा। न जाने कहां-कहां की लड़कियों ने भी अपना रेट लाख रुपया कर दिया है और मीना को नहीं मिलेगा?"

"तब तक शायद मैं नहीं बचूंगा।"

"बचेंगे कैसे नहीं, मैं आपको दिखलाकर रहूंगा।"

चाचाजी कहने लगे, "तब क्या तुम्हें मेरा ख्याल रहेगा! तुम अपनी गृहस्थी में फंस जाओगे, फिर हम लोगों की याद क्यों आएगी?"

इतनी देर बाद उस लड़की ने मुंह खोला, "लेकिन वह साड़ी मुझे दिलानी होगी, जिसे पहनकर मैंने पार्ट किया था।"

जयन्त ने कहा, सब लोगों के सामने कहीं न कह बैठना। इससे प्रोड्यूसर चिढ़ जाता है। इसी बात के लिए कितने ही सिनेमा स्टार बदनाम हैं।"

"लेकिन यह सीन पूरा होने के बाद उस साड़ी का वे लोग

क्या करेंगे ? मुझे बड़ी अच्छी लगी है।"

तभी जयन्त ने कहा, "प्रशान्त, तू इसी मोड़ पर उत्तर जा, यहां से बस में चले जाना।"

पिण्टू का मन उतरने को नहीं चाह रहा था। इच्छा हो रही थी कि सारी रात इन्हीं लोगों के साथ घूमे, इसी तरह बातें करते हुए।

"तेरे पास बस के लिए पैसे हैं न ?"

जवाब देते पिण्टू का चेहरा शर्म से लाल हो गया। बिना कुछ कहे पिण्टू सड़क की दूसरी ओर जाकर खड़ा हो गया। टैक्सी तब तक ट्रैफिक में मिल चुकी थी।

विपिन बाबू को पहले की तरह वक्त-बेवक्त टार्च लेकर नहीं चलना होता। अब सड़क पर बत्ती लग गई है, लेकिन एक और मुश्किल हो गई है। चारों ओर नये-नये मकान बन रहे थे, उसका मलबा जहां देखो, वहीं पड़ा होता। पिण्टू अभी तक नहीं लौटा, देखकर विपिन बाबू खुद ही निकल पड़े थे। एक बार मोड़ पर जाकर खड़े हुए। कलकत्ता शहर। ठीक-ठीक शहर न कहने पर भी शहर ही कहना ठीक होगा। शुरू-शुरू में जब आए थे, तब एक आदमी ने लालच दिखाकर रुपये ऐंठने चाहे थे। लाला की दुकान के सामने से गुजरते ही लाला ने आवाज दी, "क्या हुआ विपिन बाबू, इस समय कहां चल दिए ?"

"अरे, लाला, कुछ पूछो मत, पिण्टू अभी तक घर नहीं आया, जरा देखने निकला था।"

लालाजी ने कहा, "जमाना बड़ा खराब हो गया है बाबूजी, आदमियों के साथ मोटरगाड़ियां भी बढ़ रही हैं।"

इसी लाला की दुकान पर सौदा लेने आते वक्त विपिन बाबू के साथ-साथ पिण्टू भी आता था। सोचते थे, लड़का जरा बाहर की दुनिया देखे, कलकत्ते शहर का हाल-चाल समझे। इसके बाद

डेढ़ मील दूर स्कूल में भेजने के बाद भी विपिन बाबू की चिन्ता का अन्त नहीं था। शुरू-शुरू ऑफिस जाते वक्त खुद ही पहुंचा आते, लेकिन फिक्र लगी ही रहती। काम करते-करते अचानक सोचने लगते, पिण्टू घर लौटा होगा या नहीं ! नीरद बाबू पास में बैठते थे। पूछते, "क्या सोच रहे हैं विपिन बाबू ?"

विपिन बाबू कहते, "अरे, अपने लड़के के बारे में सोच रहा हूं, स्कूल काफी दूर है न !"

नीरद बाबू कहते, "जो होना होगा, सो तो होगा ही। आप बेकार में सोच-सोचकर क्यों दिमाग खराब करते हैं ?"

फिर जरा रुककर कहते, "आपके कुल जमा एक लड़का है, उसी की वजह से इतने परेशान रहते हैं, मेरी तरह से पांच लड़कियां और तीन लड़के होते तो पता नहीं क्या करते !"

विपिन बाबू कहते, "तब तो अच्छा ही होता, सब एक साथ खेलते, पढ़ते और सोते। अकेला है, इसीलिए मुसीबत हो गई है। पता नहीं क्या-क्या सोचता है, कहीं कवि न बन जाए !"

नीरद बाबू बोले, "एक काम करिए, स्कूल फाइनल पास करते ही किसी ऑफिस में लगा दीजिए, कालेज में न पढ़ाइएगा।"

"एक ही तो लड़का है, उसे भी ठीक से पढ़ाऊंगा नहीं ? बड़ा होकर मुझे ही गाली देगा, कहेगा कि मुझे ठीक से पढ़ने भी नहीं दिया। इसके अलावा···" जरा रुककर बोले, "इसके अलावा, सच कहने में क्या दोष है, इस जगह लड़के को नहीं लाना चाहता, देखते तो हैं, क्या हालत हो गई है ! खुद भोगा, सो भोगा। लड़के की जिन्दगी खराब नहीं करना चाहता।"

"लेकिन पढ़-लिखकर ही क्या आदमी सब कुछ कर लेता है ? ऑफिस तो खराब है, लेकिन ऑफिस के बाहर ? उस दिन बस में जाते-जाते क्या देखा, जानते हैं ?"

विपिन बाबू कहते, "क्या ?"

"अरे साहब, देखकर मेरे तो बदन में जैसे आग लग गई।

सोचने लगा, बच्चों को लेकर भी तो बाहर निकलता हूं, अगर उनके सामने ही देख लेता।"

"क्या देखा ?"

"देखा कि दीवार पर सिनेमा का फोटो लटका दिया है। फोटो क्या था जानते हैं ?"

"क्या था ?"

विपिन बाबू के कान के पास अपना मुंह लाकर नीरद बाबू ने धीरे से कहा, "एक लड़का और एक लड़की, दोनों एक दूसरे से···"

विपिन बाबू और ज्यादा नहीं सुन पाए। बोले, "छी-छी !"

"आजकल यही सब चल रहा है। सिनेमा के बाहर ही जब यह हाल है तो उसके अन्दर पता नहीं क्या होता होगा !"

बात सुनने के बाद कुछ देर तक विपिन बाबू बोल ही नहीं पाए। फिर बोले, "मैं जितनी देर घर पर रहता हूं, लड़के को नजरों के सामने रखता हूं, किसी से मिलने तक नहीं देता, यहां तक कि उसके बाल भी खुद खड़े होकर कटाता हूं। मैं तो उसके पढ़ने के कमरे में जाकर भी देखता हूं, कहीं उपन्यास-नाटक तो नहीं पढ़ता, सिगरेट की चाट तो नहीं लगी !"

ये सब काफी पुरानी बातें हैं। उन दिनों नीरद बाबू के साथ लड़के के भविष्य को लेकर बातें होतीं। हर समय पिण्टू की फिक्र के बारे में परेशान रहते। पता नहीं, किस किताब में पढ़ा था कि लड़के को हमेशा नजरों के सामने रखना चाहिए। तभी से विपिन बाबू पिण्टू को यथासाध्य नजरों से ओझल नहीं होने देते थे।

लेकिन इन्सान की जिन्दगी और उसके भाग्य का फेर भी अजीब है। कितनी आशाओं और उम्मीदों को लिए जीवन

शुरू होता है और एक दिन सब कुछ खत्म हो जाता है। महत् के साथ एकाकार होने के बाद ही मिट्टी का आदमी फिर से पैदा होता है, यह बात न तो विपिन बाबू जानते थे, न उनका लड़का।

पिण्टू उन दिनों छोटा था। तभी से देखता आ रहा है, जिन्दगी के माने ही रुकावट है, पल-पल पर रुकावट, कदम-कदम पर रुकावट। कपड़े पहनने में, जूते पहनने में, बाल कटवाने में। जिन्दा रहना जैसे रुकावटों के जेलखाने में रहना है। लेकिन हमेशा तो कोई छोटा-सा बच्चा नहीं रह सकता। हमेशा तो कोई रुकावटों को मानकर चल नहीं सकता। एक न एक दिन तो इन रुकावटों को तोड़ने की कोशिश करता ही हैं।

घर के पास आते ही पिण्टू का जी धक्-धक् करने लगा। उसे घर लौटने में कभी इतनी देर नहीं हुई थी। लाला की दुकान पारकर जल्दी-जल्दी घर की ओर बढ़ने लगा। लाला की दुकान में अभी तक बिजली की रोशनी नहीं लगी थी। लालटेन की रोशनी में जांघों तक धोती चढ़ाए लाला बैठा हिसाब लिख रहा था।।

इसके बाद ही शचीन बाबू का मकान था। उनके यहां रेडियो भी आ गया है। बगल का हरसिंगार का पेड़ खूब महक रहा था।

अपने घर के दरवाजे पर आकर पिण्टू ने पुकारा "मां।"

लेकिन शर्म, डर और संकोच के मारे गले से आवाज ही नहीं निकल रही थी।

"मां!"

मां ने जल्दी से आकर दरवाजा खोल दिया।

"तू कहां था बेटा? तेरे लिए हम लोग कितने परेशान हो रहे हैं!"

पिण्टू अन्दर आया। सबसे पहले अन्दर के कमरे में देखा, पिताजी नहीं हैं। क्या आफिस से अभी तक नहीं आए? जल्दी से कमीज उतारकर और हाथ-मुंह धोकर अपने कमरे में किताब

खोलकर बैठ गया।

अचानक उस टीन के मकान के अंधेरे और धुंधले वातावरण में से एक मीठी सुगन्ध आ रही थी। पिण्टू को लगा कि सुगन्ध पहचानी-पहचानी-सी है। लगा, जैसे वह एक छोटे-से रेस्तरां में बैठा हुआ है। ठीक उसके सामने एक और कोई बैठा है। अच्छी तरह से देखने की कोशिश की। कौन है?

तभी ध्यान आया। वह मीना थी। खिलखिलाकर हंसती कह रही थी, "आप तो बड़े शैतान हैं।"

अचानक जैसे सपना टूट गया। कहां, कोई भी तो नहीं है। वही उसका टूटा-फूटा कमरा। चीड़ की टेबल-कुर्सी और उसका पुराना तख्त।

"बहू, ओ बहू..."

"क्या बात है अम्मा?"

मां खाना बना रही थी। बगल वाले कमरे से माला फेरते-फेरते बूढ़ी अम्मा ने कहा, "तुम्हारा पिण्टू लौटा बहू?"

"हां अम्मा।"

"अब तक कहां था?"

अचानक तभी किसी ने दरवाजा खटखटाया। विन्दुवासिनी ने जल्दी से जाकर दरवाजा खोल दिया।

"पिण्टू ता नहीं मिला।"

विन्दुवासिनी बोली, "पिण्टू तो आ गया।"

"आ गया! कब आया?"

जैसे और देरी नहीं सह पा रहे थे। सनसनाते हुए कमरे में पहुंचे। पिण्टू ने बाबू का ऐसा चेहरा पहले कभी भी नहीं देखा था।

"कहां था अब तक?"

पिण्टू की जबान जैसे चिपक गई थी।

"कालेज से भागकर कहां गया था बोल? कहां था?"

पिण्टू थर थर कांप रहा था।

मां अन्दर आई। बोली, "बतला दो न कहां थे अब तक ?"

विपिन बाबू की आवाज जैसे और तेज हो गई, "बोलता क्यों नहीं है, जवाब दे !"

पिण्टू अब तक उठकर खड़ा हो चुका था। बोला, "एक दोस्त के साथ दूसरी जगह गया था।"

"कहां ? वह दोस्त कौन है ? उसका नाम क्या है ?"

"एक दोस्त के साथ फिल्म स्टूडियो शूटिंग देखने गया था।"

"शूटिंग देखने ? फिल्म स्टूडियो ?"

जैसे किसीने बारूद में आग लगा दी थी। विपिन बाबू और नहीं रोक पाए। बोले, "मर-खपकर नौकरी कर रहा हूं, तुम्हें स्टूडियो में शूटिंग दिखलाने के लिए ? तुम्हारी पढ़ाई का यह हाल है ?···अच्छा, रुको···।"

कहकर पता नहीं कहां से बांस की एक खपच्ची ले आए। सटाक-सटाक पिण्टू की पीठ पर जमाना शुरू कर दिया।

"मैं यहां तुम्हारे लिए सोच-सोचकर परेशान हो रहा हूं और तुम कालेज गोल कर स्टूडियो में शूटिंग देख रहे हो ?"

पिण्टू ने दोनों हाथ से बचाने की कोशिश की।

लेकिन विन्दुवासिनी ने झपटकर रोका।

"अरे, करते क्या हो ? मार डालोगे क्या ?"

"तुम हट जाओ, ऐसे लड़के का मर जाना ही अच्छा है, इसे मैं आज जिन्दा नहीं छोड़ूंगा, जो मुझे पसन्द नहीं है, वही हुआ, निकल जा यहां से, नहीं तो आज छोड़ूंगा नहीं।"

अपने कमरे में पड़ी-पड़ी मकान-मालकिन बुढ़िया सब सुन रही थी। वह भी हांफती-हांफती आ पहुंची।

"इतने बड़े सयाने लड़के को मार ही डालोगे क्या ?"

बुढ़िया के हाथों में ताकत थी, यह मानना होगा। विपिन बाबू के हाथ से बांस की खपच्ची छीन ली, लेकिन विपिन बाबू तब भी चिल्ला रहे थे, "बोल, कौन था तेरा दोस्त ? बोल जल्दी से

उसका घर कहां है ?"

उस रात पिण्टू अच्छी तरह से खा भी नहीं पाया। नींद भी नहीं आ रही थी। खाना-पीना हो जाने के बाद मां काफी देर तक सिरहाने बैठी-बैठी सान्त्वना देती रहीं, "उनकी बात क्यों नहीं सुनते भैया ? बेचारे कितनी मुश्किल से घर चला रहे हैं, कितनी मुश्किल से तुम्हारे लिए कालेज की फीस देते हैं, तुम्हारी ही वजह से कितना कर्ज चढ़ गया है !"

पिण्टू ने कहा था, "मां, फिर कभी ऐसा नहीं करूंगा।"

"राम-राम···"

कहकर आंचल से पिण्टू का मुंह पोंछ दिया था। पिताजी के पास से चोट खाकर जो आंसू जम गए थे, मां के दिलासा से पिघल उठे। पिण्टू फूट-फूटकर रोने लगा।

मां के दोनों हाथ पकड़कर कहने लगा, "फिर कभी ऐसा नहीं करूंगा मां, मैं वायदा करता हूं।"

अन्दर के कमरे से जैसे पिताजी के बड़बड़ाने की आवाज आ रही थी। उन्हें इससे पहले कभी इस तरह नाराज होते नहीं देखा था। उधर बूढ़ी अम्मा भी बड़बड़ाए जा रही हैं, "कहीं ऐसा भी गुस्सा किया जाता है···!"

फिर आवाज, दी "बहू, ओ बहू !"

विन्दुवासिनी, "कुछ कह रही हो अम्मा ?"

"कह रही थी, तुमने खाना खा लिया ?"

"बस, अब खाऊंगी।"

"खा-पी लो बेटी, बिना खाए क्या मेरी तरह सेहत खराब करोगी ?"

फिर अपने-आप बड़बड़ाने लगीं, "मैं भी उस मरे के ऊपर गुस्सा कर खाती नहीं थी, भूखे रहने से ही इस मरी बाई ने पकड़ लिया है। नासपीटे ने क्या कम जलाया है ? निपूते ने हाड़-मांस एक करके रख दिया, अब कहां गया तेरा रुपया ? निपूते ने जैसे

जलाया, मैंने भी मुंह झुलस दिया मरे का···।"

रात और भी गहरी हो गई थी। सारा कलकत्ता, सारा बादामतल्ला सांय-सांय कर रहा था। टीन के उस मकान में जीवन और यन्त्रणा मिलकर जैसे एकाकार हो गए थे। रात कब और कैसे कट गई, किसी को पता नहीं लगा।

इसके बाद जैसे रोज सुबह होती, वैसे ही सुबह हुई। उसी तरह पूर्व में लाली फैली और फिर धूप भी निकली।

विपिन बाबू ने और ज्यादा देर नहीं की। ज्यादा देर करने से शायद और भी ज्यादा नुकसान हो सकता था। उस दिन ऑफिस जाकर एक दरख्वास्त कर ही तो दी। नीरद बाबू ने कहा, "यह क्या विपिन बाबू, आखिर लड़के को यहीं लाए?"

विपिन बाबू ने कहा, "नहीं नीरद बाबू, फर्गुसन साहब को अभी से कह रखना ठीक है, नौकरी का जो हाल चल रहा है···"

फर्गुसन साहब ने पूछा, "तुम्हारे लड़के ने बी० ए० पास किया है?"

"जी सर, इसी महीने इम्तहान है!"

"इण्टरमीडिएट का रिजल्ट कैसा था?"

"फर्स्ट डिवीजन में पास किया था।"

"तब आगे क्यों नहीं पढ़ाते? यहां क्लर्की में क्या रखा है? बेटर प्रॉस्पेक्ट होता!"

विपिन बाबू ने कहा, "बेटर प्रॉस्पेक्ट की जरूरत नहीं है, मुझसे अब खर्च नहीं सम्भलता।"

"आलराइट!"

कहकर साहब ने ऐप्लीकेशन के ऊपर साइन कर दिए। नाम रजिस्टर्ड हो गया। जब वेकेन्सी होगी, प्रशान्त चक्रवर्ती को ले लिया जाएगा। फर्गुसन साहब का आर्डर। घर आते ही बोले, "पिण्टू की नौकरी का इन्तजाम कर आया हूं।"

"नौकरी, मतलब ?"

"मतलब पिण्टू को नौकरी मिल गई। अपने ही ऑफिस में उसे लगाने की इच्छा नहीं थी, लेकिन जो वक्त आ पड़ा है···"

फिर पिण्टू के पास आकर बोले, "तुम्हारे इम्तहान कब से हैं ?"

सिर्फ इतना ही नहीं। अब से उसका कोई भी कसूर माफ नहीं किया जाएगा। विपिन बाबू ने पता नहीं क्या-क्या सोचा था। जो खुद नहीं कर पाए, सोच रहे थे, लड़के से करवाएंगे। पिण्टू डॉक्टर बनेगा, पिण्टू इंजीनियर बनेगा। उनका इकलौता लड़का। एक ही एक सौ का काम करेगा। जज-मजिस्ट्रेट होगा। चार लोगों से सर उठाकर कह पाएंगे, लेकिन जब नहीं हुआ, तो क्या किया जाए, भाग्य का फेर !

घर पर सबसे कह दिया था, "कोई भी उसे डिस्टर्ब न करे, खाली पढ़ाई, बाजार भी भेजने की जरूरत नहीं है, मैं खुद ही बाजार जाऊंगा।"

पिण्टू सुबह उठकर पढ़ने बैठता। दोपहर को कालेज, फिर सीधा घर। बाद में कालेज जाना भी छोड़ दिया। सिर्फ पढ़ाई। सारा दिन कहां से निकल जाता, कुछ पता ही नहीं चलता।

टीन के ऊपर कभी कौवा आकर बैठता तो विपिन बाबू हाथ उठाकर कहते, "भाग-भाग, सारे दिन कांव-कांव।"

ऑफिस जाते वक्त सभी से कह जाते, "उसे जरा भी तंग न करना, पहले उसकी पढ़ाई है, फिर और कुछ।"

बूढ़ी अम्मा कहतीं, "धन्न है बाबा ! लड़के को पढ़ा-पढ़ाकर मार ही डालेंगे···"

उस दिन जयन्त कालेज आया था। कहने लगा, "आज फिर शूटिंग है, चलना है ?"

पिण्टू ने कहा, "नहीं, पिताजी खूब नाराज हुए थे।"

"रतन बाबू तेरे बारे में पूछ रहे थे।"

"रतन बाबू कौन ?"

"मीना के पिताजी। इस फिल्म से मीना काफी मशहूर हो जाएगी।"

उन सब बातों पर कान न देकर पिण्टू ने कहा, "तू जा, मेरा जाना नहीं होगा।"

इम्तहान से पहले किसी को बात करने की फुरसत नहीं होती। सभी आते, नोट्स लेते और चले जाते। कालेज के सामने चाय की दुकान पर फर्स्ट और थर्ड ईयर के लड़कों की भीड़ होती। क्लासें पूरी होते ही पिण्टू सीधा घर चला आता। आते ही पढ़ने बैठ जाता। विपिन बाबू भी ऑफिस से आते ही पहले उसी के कमरे में जाते। पूछते, "पढ़ाई कैसी हो रही है?"

पिण्टू कहता, "ठीक हो रही है।"

"वह सब नहीं जानता। पास होगे न? फेल होने पर साहब को मुंह नहीं दिखा पाऊंगा। तुम्हारी वजह से ऑफिस जाना भी छोड़ना होगा। बड़ा घमण्ड था तुम्हारे ऊपर..."

बूढ़ी अम्मा कहतीं, "भैया, तुम हम लोगों पर ही बरसते हो, उन मुंहजलों से कुछ भी नहीं कहते।"

"कौन? किसकी बात कर रही हो?"

"इन्हीं कम्बख्तों से, जिनके घर बन रहे हैं, मेरे कान फाड़ डालते हैं।"

"एक दिन कहा तो था। सुनते ही नहीं।"

उस दिन सुबह से ही पास के मकान की छत की पिटाई हो रही थी। विपिन बाबू बाजार से वापस आए थे, थैली घर में रखकर दौड़े।

"ऐ मिस्त्री, तुम लोग इतना शोर क्यों मचा रहे हो?"

कौन किसकी सुनता। आवाज वैसी ही होती रही, विपिन बाबू की बात पर किसी ने कान ही नहीं दिया।

विपिन बाबू से और नहीं सहा गया। बांस की सीढ़ी से एकदम ऊपर चढ़ गए। बोले, "ऐ मिस्त्री!"

"क्या बात है, बाबू ?"

विपिन बाबू गरजे, "निकलो, निकलो यहां से ! तुम लोगों के लिए कोई काम ही नहीं होगा ? समझे क्या हो ? बन्द करो यह खट-खट।"

मजदूरों ने काम रोक दिया। चढ़ती दोपहरी की कड़ी धूप से विपिन बाबू का सर जैसे और भी भन्ना गया था। बाजार से आए ही थे। अभी हाथ-पांव भी नहीं धोए थे।

"तुम लोगों से बार-बार कहा है न, मेरे लड़के का इम्तहान सर पर है, जरा धीरे-धीरे काम करो, आज तुम सभी को ठंडा करूंगा।"

बात छोटी नहीं थी। सुनकर दो-एक जने आगे बढ़ आए। बोले, "बाबू, क्या बोला ?"

विपिन बाबू फट पड़े, "चुप रहो, उल्लू कहीं का ! मुंह लगता है।"

वे लोग और भी आगे आ गए थे।

"तुम लोगों के बाबू कहां हैं ? मालिक ? मालिक को मेरे पास भेज देना।"

लेकिन वे लोग ठहरे मजदूर। मालिक की बाट नहीं जोहते। एक जना चिल्ला उठा, "मारो साले को !"

और साथ ही साथ सब विपिन बाबू पर टूट पड़े। कुदाल, फावड़ा, बांस सब कुछ मौजूद था ही, "मारो साले को, मारो···!"

शोरगुल सुनकर जो जहां था, दौड़ा आया।

बूढ़ी अम्मा की आंखें जैसी भी हों, कान बड़े तेज थे। चिल्ला उठीं, "बहू, ओ बहू, तुम्हारे आदमी को मार डाल रहे हैं।"

विन्दुवासिनी खाना बनाते-बनाते दरवाजे पर आ गई, वहीं से चिल्लाई, "पिण्टू, ओ पिण्टू !"

पिण्टू जब तक अपनी टेबल छोड़कर आता, विपिन बाबू में बोलने तक की ताकत नहीं रही थी। मुंह और कनपटी से खून बह रहा था। विन्दुवासिनी चिल्ला रही थी, "ओ पिण्टू, मार ही

डाला···बचाओ···!"

लेकिन पिण्टू क्या करे, कुछ ठीक नहीं कर पा रहा था। उसकी नजरों के सामने जैसे अंधेरा छा गया था। आंखों के सामने जैसे धुन्ध छा गई थी। उसकी समझ में कुछ भी नहीं आ रहा था। कब सब लोग उठाकर विपिन बाबू को अन्दर लाए, कब डाक्टर आया, कब दवा दी गई, बैण्डेज बांधी गई, पिण्टू को कुछ भी होश नहीं था।

बूढ़ी अम्मा अलग चिल्ला रही थीं, "धन्न हो बेटा, अच्छा बेटा पैदा किया, मुंह से एक बात तक नहीं निकली, खड़ा-खड़ा देखता रहा, मेरा लड़का होता तो जिन्दा ही गाड़ देती।" बूढ़ी अम्मा सारे दिन बड़बड़ाती रहीं, लेकिन आज उनकी बात सुनने वाला जैसे कोई नहीं था।

विपिन बाबू शायद बुखार में बेहोश पड़े थे। बिन्दुवासिनी सारे दिन सेंक करती रही। पिण्टू की तरह उसकी जवान भी जैसे बन्द हो गई थी।

शचीन बाबू मुहल्ले के बुजुर्ग आदमी थे। देखने आए। कह गए, "तुम पुलिस में रिपोर्ट कर दो बेटा, यह सब अच्छी बात नहीं है। अच्छा, यह किसका मकान बन रहा है?"

पिण्टू ने कहा, "यह तो पता नहीं।"

"उन लोगों को भी खबर करनी होगी। उन लोगों की भी तो जिम्मेदारी है। चुपचाप बैठने से कुछ नहीं होगा। इन लोगों को सजा मिलनी ही चाहिए।"

जिसको जो कहना था, कह गया। विपिन बाबू बिस्तरे पर पड़े थे। होश भी आ गया था। सब कुछ सुना। इतने दिनों की गढ़ी जिन्दगी जैसे तहस-नहस हो गई थी। उन्होंने अपनी बीवी और अपने लड़के की ओर ताककर देखा, लेकिन बोल नहीं पाए, मन ही मन सोच रहे थे, यह कैसे हो गया, क्यों हुआ? इतने दिनों से जिस चीज को बनाने की कोशिश कर रहे थे, वह इस तरह

चूर-चूर हो जाएगी। उन्होंने फिर से पिण्टू की ओर देखा। कहां, पिण्टू तो जरा भी नहीं रो रहा, विन्दुवासिनी को भी खास दुःख हुआ हो ऐसा नहीं लगता। वे क्या खुद ही इसके लिए जिम्मेदार हैं? अचानक लगा, जैसे कुछ छायाएं सामने खड़ी है। ये कौन हैं? क्या करने आए हैं? ये क्या कर रहे हैं? ये लोग क्या उन्हें ले जाने आए हैं? विपिन बाबू ने फिर से ताककर देखा, इस बार शक्ल पहचानी-पहचानी-सी लगीं। ये तो वे खुद ही हैं। वे खुद ही खुद को देखने आए र? वह देखो, उनका लालच उनकी ओर देखकर हंस रहा हैं। जिस लालच को जिन्दगी-भर दबाया, वही जैसे खड़ा-खड़ा हंस रहा था, क्यों? तुम तो मुझे चाहते नहीं थे, लेकिन, अब? उसके पास वाली शक्ल भी उन्हीं की थी, उनके वात्सल्य की। वह जैसे कह कहा था, क्यों, अत्याचार करके मुझ दबाना चाहा था न, लेकिन अब? सिर्फ इतना ही नहीं, विपिन बाबू का दुःख, गरीबी, प्यार, इच्छा, आशा, कामना सभी जसे खड़े खड़े उनका मजाक उड़ा रहे थे। कहो, क्या मिला? तब क्यों तुम हम लोगों के पीछे पड़े थे? क्यों तुमने हम लोगों का अपमान किया?

"पानी पिओगे?"

विन्दुवासिनी ने मुंह कान के पास ले जाकर कहा, "डाब का पानी पिओगे?"

इस बात का कोई जवाब न देकर विपिन बाबू ने कहा, "पिण्टू के इम्तहान हैं, उसे पढ़ने को कहो।" यह सुनकर पहली बार पिण्टू की आंखें गीली हो गईं।

अगले दिन मकान-मालिक आए। बूढ़े, डिस्सेप्टिक के मरीज। शचीन बाबू भी साथ आए थे। कहने लगे, "मैं विपिन बाबू को अच्छी तरह से जानता हूं, उन जैसा भला आदमी होना मुश्किल है, बेचारे किसीके झंझट में नहीं रहते..."

मकान-मालिक ने कहा, "मुझे तो कुछ भी नहीं मालूम था, मिस्त्री लोग ही काम कर रहे थे, मुझे क्या मालूम था कि ऐसी

गड़बड़ हो जाएगी ?"

"तब उस मिस्त्री को बुलवाइए।"

"उनमें से तो कोई भी नहीं आया, पता नहीं काम करेंगे या नहीं। आजकल मिस्त्री मिलते कहां हैं !"

शचीन बाबू ने कहा, "तब पुलिस में रिपोर्ट कर दीजिए, ये लोग खून करके भाग जाएंगे और आप कुछ भी नहीं करेंगे ?"

"देखिए न, क्या मुश्किल है, बूढ़ा आदमी, पुलिस का झंझट कैसे सम्हालूंगा ?"

और भी कुछ लोग आ जुटे थे। नये मुहल्ले के नये रहनेवाले। कोई एक-दूसरे को अच्छी तरह से नहीं जानता। आज जैसे मौका था। एक-दूसरे की मुश्किल में काम नहीं आएंगे तो बचना मुश्किल हो जाएगा। आज नहीं हुआ ? मिस्त्री-मजदूर मार-पीटकर गए, कल अगर चोर-डाकू हमला करें तो क्या होगा ! आप भले आदमी हैं, हम भी भले आदमी हैं, भले आदमियों को आजकल कौन पूछता है ?

गर्म-गर्म जोशीली बातें।

"मैं भी तो आप ही लोगों की तरह बाल-बच्चेदार आदमी हूं। जिन्दगी-भर किराये के मकान में रहा, इच्छा हुई मकान बनवाने की, लेकिन पास में जो कुछ जमा-पूंजी थी उसके बूते पर काण्ट्रैक्टर रखना मुश्किल था, इन मिस्त्री-मजदूरों का ही भरोसा था···" कहते-कहते बेचारे हांफने लगे।

तभी बाहर का दरवाजा खटखटाकर किसी ने आवाज दी, "प्रशान्त बाबू, प्रशान्त बाबू।"

मकान-मालिक ने पूछा, "प्रशान्त बाबू कौन हैं ?"

"यही विपिन बाबू का लड़का, एक ही लड़का है, बेचारे के इम्तहान सर पर हैं···"

"बहू, ओ बहू, तुम्हारे लड़के को कौन पुकार रहा है, लगता है, पुलिस आई है···"

पिण्टू पढ़ रहा था, आवाज सुनकर बाहर आया।

"यह देखो, इन्हीं का मकान बन रहा है। खबर की थी, देखने आए हैं।"

पिण्टू ने जैसे भूत देखा। बोला, "चाचा जी आप ?"

"ओह, तुम हो? तुम लोगों का मकान है? तुम्हारे ही, पिताजी का नाम विपिन बाबू है?" पिण्टू को दोनों हाथों में जकड़ लिया।

कहने लगे, "देखो न, क्या गजब हो गया ! मुझे क्या मालूम था कि यह तुम्हारा घर है ? जयन्त ने भी बतलाया ! अगर पहले से जानता ! हां, तो तुम्हारे पिताजी का क्या हाल है ?"

रतन बाबू के स्नेह-भरे स्पर्श में भी पिण्टू जैसे थर-थर कांप रहा था। खैर, पिताजी का पता लगना मुश्किल है। अगर पता लग जाता कि ये रतन बाबू फिल्म स्टूडियो के आदमी हैं तो शायद दोनों को जिन्दा न छोड़ते। रतन बाबू जितना स्नेह जतला रहे थे, पिण्टू उतना ही सिहर रहा था। जैसे कोढ़ी से छुलाया जा रहा हो। जिसकी छूत लगकर उसकी आत्मा विषैली हो रही हो। इतने दिनों की दवाई उसकी इच्छा, उसका मोह जैसे फिर सर पर चढ़ आया था। इतने दिनों तक उसने सारे लालच दबाने की कोशिश की थी। पिताजी की ही तो बात ठीक है, उन्हीं का जीवन तो उसका एक मात्र आदर्श था। पिण्टू का दिल धक्-धक् कर रहा था। उसकी नजरों के सामने से यह बादामतल्ला, यह कलकत्ता, यह दुनिया, सब जैसे ओझल हो गए थे। उसे लगा कि वह पतन के गहरे गड्ढे में जा पड़ा है। वह जैसे फिर उसी स्टूडियो में पहुंच गया था। वहां की चमक-दमक और विलास ने जैसे फिर से उसके दिल में मोह पैदा कर दिया। सुब्रत राय जैसे फिर चिल्लाया, "मानीटर !" और साथ ही साथ कैमरे ने घूमना शूरू कर दिया। फिर से मीना नजरों के आगे आ खड़ी हुई। रेस्तरां के कोने में फिर से दोनों बातें कर रहे हैं। वह और उसके सामने मीना। मीना उसकी ओर आंख नचाकर कहती है, "आप तो बड़े शैतान लगते हैं !"

कहकर मीना खिलखिलाकर हंसने लगी।

पिण्टू ने पूछा, "हंस क्यों रही हो?"

मीना बोली, "आपका हाल देखकर हंस रही हूं।"

"क्यों? मैं कैसा हूं?"

"और लड़के जैसे होते हैं, आप वैसे नहीं है। कब से आपके सामने बैठी हूं, लेकिन एक बार मेरी ओर ताककर नहीं देखा।"

"लड़कियों की ओर देखना क्या अच्छी बात है?"

"देखना अच्छा नहीं लगता, तो यहां अकेले में क्यों आए हैं?"

"तुम्हें लेकर रास्ता चलना मुश्किल जो है।"

"रास्ते में लेकर चलने लायक सूरत नहीं है शायद?"

"अरे नहीं-नहीं, मैंने यह तो नहीं कहा!"

"तब? लगता है, आप बड़े शर्मीलि हैं। लड़कियों से बात करते घबराते हैं?"

"सच, घबराता हूं। डर लगता है।"

"डर? डर किस बात का? मैं क्या शेर-चीता हूं?"

"कट!"

और साथ ही चारों ओर रोशनियां जल उठीं। पंखों का घूमना शुरू हो गया। सुब्रत राय आगे बढ़ आए, "पो० के० वेरी गुड परफॉरमेन्स…।" और तब पिण्टू को चारों ओर अच्छी तरह से देखने की फुरसत नहीं मिली। सभी उसकी ओर देख रहे थे। शचीन बाबू, रतन बाबू, मोहल्ले के सारे बड़े-बूढ़े घर के सामने खड़े थे। थोड़ी देर तक मुंह से कोई बात नहीं निकलीं। गुम-सुम खड़ा उन लोगों को ताकता रहा।

एक ने कहा, "बाप के लिए मन खराब हो गया है बेचारे का।"

दूसरे ने कहा, "विपिन बाबू का तो यही एक लड़का है न!"

"इसके अलावा हम लोग तो देखते हैं न, ऐसा आज्ञाकारी लड़का आजकल देखने में नहीं आता। और विपिन बाबू के लिए तो यह लड़का ही सब कुछ है।"

पिण्टू को आज भी याद है, स्थिति को समझने में काफी समय लग गया। तब तक उसने अपने को संभाल लिया था। जिन्दगी में जिसे वहुत कुछ सहना होगा, उसकी शिक्षा उसी दिन से शुरू हो गयी थी। यह कुछ भी नहीं है। सिर्फ मोह है। जयन्त जो कहता है, सब झूठ है। पिताजी कहते हैं, वही सत्य है। जीवन में सब ही सब कुछ है। बड़े होने के लिए धर्म को मानना होगा। सत्-धर्म और सदाचरण। यह कठोर और रूखी दुनिया ही सत्य है। फिलम स्टूडियो दुनिया नहीं है। वह सब नकली है। इस दुनिया के ऊपर एक ओर डायरेक्टर है, वह अचानक एक दिन 'कट' कहता है और साथ ही साथ यह विश्व, ब्रह्माण्ड, ग्रह और नक्षत्र सब कुछ स्थिर हो जाता है उसीके इशारे पर यह दुनिया चलती है। उसीके बनाए नियम को जो मानता है, वही महान हो सकता है। नियम से ही दुनिया चलती है, सूर्य, चन्द्र सभी नियमानुसार चलते हैं।

"आइए, अन्दर आइए, पिताजी जरा सो रहे हैं।"

नीरद बाबू उस दिन कैश-आफिस आए थे। लौटते समय प्रशान्त को देखा।

पूछा, "क्या हाल है ? पिताजी की तबीयत कैसी है ?"

जरा-जरा उठ-बैठ लेते हैं।

नीरद बाबू ने कहा, "कितने दिनों से सोच रहा हूँ तुम्हारे पिताजी से मिलने को, लेकिन तुम्हारा घर भी इतनी दूर है कि हिम्मत ही नहीं पड़ती।"

प्रशान्त ने कहा, "अब तो वह बादामतल्ला नहीं है, आजकल तो सीधी बस चलने लगी है।"

नीरद बाबू फिर कहते हैं,, "तुम्हारे पिताजी से इसी बादाम-तल्ले के बारे में कितनी बातें सुनी हैं। शुरू-शुरू में विपिन बाबू अब कलकत्ते आए थे, बेचारे हर वक्त तुम्हारे बारे में हो सोचा

करते थे।"

नीरद बाबू मिलते ही पुरानी बातें करने लगते।

पहले दिन फर्गुसन साहब ने चिट्ठी देखकर कहा था, "तुम विपिन बिहारी चक्रवर्ती के 'सन' हो ?"

"यस सर।"

"बी० ए० पास किया है ?"

"यस सर।"

"तुम्हारे पिता का क्या हाल है ? हाऊ इज ही नाऊ ?"

प्रशान्त ने कहा, "ठीक नहीं है। फर्स्ट स्ट्रोक है। मुझे अगर नौकरी दे दें तो बड़ी कृपा होगी।"

और प्रशान्त चक्रवर्ती का नाम 'टर्नबुल एण्ड जानसन' कम्पनी के कैश डिपार्टमेण्ट में लिख दिया गया। महीने के अन्त में उसे एक सौ बीस रुपये मिलने लगे। प्रशान्त को जैसे अपने से ही घृणा हो गई थी। इस दुनिया में उसकी कीमत इतनी ही है ? तभी जैसे किसीने कहा, "रुपये अच्छी तरह से रख लीजिए, प्रशान्त बाबू, इस ओर जेबकटों की वजह से बड़ी मुश्किल है, फिर आप नये ठहरे।"

प्रशान्त ने मुड़कर देखा। रमेश बाबू थे। कम्पनी में काफी दिनों से काम कर रहे थे। प्रशान्त ही सिर्फ नया था, एकदम नया। हजारों की भीड़ के साथ सुबह डलहौजी इलाके में घुसता और शाम के वक्त सारे दिन काम करने के बाद भीड़ के साथ ही निकल जाता।

रोज यही हाल था। कब महीने और साल गुजर गए, पता नहीं चला। महीने के आखिर में तनखवाह मिलने पर मां के हाथ रख देता। मां रुपये लेकर इष्टदेव को नमस्कार करतीं और फिर अन्दर बक्स में रख आतीं। पिताजी पूछते, "पिण्टू आया ?"

विन्दुवासिनी कहती, "नहीं, अभी तक नहीं आया।"

बीमारी में भी विपिन बाबू को चैन नहीं था। थोड़ी-थोड़ी

देर के बाब घड़ी की ओर देख लेते।

फिर पूछते, "आज पिण्टू ने खाना तो ठीक से खाया था ?"

पिण्टू जैसे आज भी छोटा-सा बच्चा था। पड़े-पड़े उसीके बारे में सोचते रहते। बस, ट्राम, भीड़, जेबकतरे···पड़े-पड़े ही डलहौजी पहुंच जाते। पिण्टू का हाथ पकड़ लेते। हटिये साहब, देखते नहीं, बच्चा है, पांव कुचलेंगे क्या ?

विन्दुवासिनी पास आकर पूछतीं, "कुछ कह रहे हो ?"

"नहीं, कुछ नही।"

"मुझे लगा, जैसे कुछ कह रहे थे।"

विपिन बाबू झुंझला उठते, "मैं किसीसे क्या कहूंगा ? मैं तो खुद ही परेशान हूं।"

और करवट बदल लेते। फिर से अपने चिन्ता-सागर में गोते लगाने लगते। रामदीन के रुपये अभी तक बाकी हैं। हर महीने दस रुपये उसे दे देना। रामदीन बेचारे ने बड़ी सहायता की है। जब भी मांगा, कभी ना नहीं की।

"तुम बाजार में तो नहीं खाते !"

"जी नहीं।"

"अच्छा करते हो। बाहरी चीजें खाने से पेट खराब हो जाता है। तुम्हारी मां नाश्ता बना देगी, वही ले जाना और देखो···"

विपिन बाबू और भी गंभीर हो उठे, "और देखो, ऑफिस बस से जाते हो या ट्राम से ?"

"जी, जब जो मिल जाता है।"

"नहीं, बस से कभी न जाना, ट्राम के सेकण्ड क्लास में जाना। ट्राम में ऐक्सीडेण्ट कम होते हैं और बहुत-से लोग रईसी दिखलाने के लिए फर्स्ट क्लास में चलते हैं। दोनों में आखिर फर्क ही क्या है ? और देखो, एकदम अन्दर की ओर जाकर बैठना। पावदान पर खड़े-खड़े जाने वालों की नकल न करना। एक बार मैं ही गिर गया था '''

विन्दुवासिनी फिर पास आतीं, "मुझसे कुछ कह रहे हो ?"

"नहीं, तुमसे नहीं ।"

"मुझे लगा, जैसे कुछ कह रहे हो ।"

विपिन बाबू झुंझला उठते । कहते, "तुम भी खूब हो ! मैं किसीसे क्या कहूंगा ? मैं तो खुद ही परेशान हूं ।"

कहकर फिर से करवट बदल लेते । फिर वही···रामदीन··· रुपये···कर्ज ··कर्ज लेना बुरी बात है···पिण्टू से कहना होगा···।

"पिण्टू आया ?"

विन्दुवासिनी कहती, "अभी से कैसे आयेगा ? अभी तो तीन ही बजे हैं ।"

"तीन ? घड़ी बन्द तो नहीं हो गई ?"

विन्दुवासिनी कहतीं, "ठीक चल रही है । यही घड़ी देखकर तो पिण्टू आफिस गया है ।"

"नहीं-नहीं, तुम एक बार कान लगाकर देखो तो सही, टिक्-टिक् हो रही है या नहीं ?" रोज यही हाल था । शाम को जब अंधेरा होने लगता, दरवाजे पर कोई खट-खट् करता ।

"सुनती हो, दरवाजा खोल दो, पिण्टू कब से खटखटा रहा है बेचारा ।"

पिण्टू अन्दर आकर जूते उतारकर पिताजी के पास जाता । पूछता, "आपकी तबीयत कैसी है ?"

"तुम्हें देर हो गई ? आफिस की छुट्टी कब की हो गई, तुम अब लौट रहे हो !"

पिण्टू ने कहा, "देर तो नहीं हुई, काम जरा ज्यादा था, कैश बिना मिलाए तो आ नहीं सकता न ।"

"खूब होशियारी से काम करना बेटा, कैश का काम है, माथा ठण्डा रख के काम करना । ऑफिस में तरह-तरह के लोग हैं, समझ-बूझकर चलना ।"

पिण्टू ने कहा, "मैं तो किसीसे भी ज्यादा मिलता-जुलता नहीं

हूं।"

"बड़ा अच्छा करते हो। बेकार गप्प लगाकर वक्त खराब करने से क्या फायदा ? अपना काम करो और घर चले आओ। हां, फर्गुसन साहब से मुलाकात होती है ?"

"मिलने की कोई जरूरत ही नहीं हुई !"

"जरूरत हो या न हो, तुम्हारे भले के लिए ही कहे देता हूं, रोज जाकर गुड मार्निंग तो कर ही आना। हो सके तो लौटते समय भी एक बार मिल लिया करो।"

"चपरासी बैठा रहता है, बिना काम के कैसे जाऊं ?"

"यही तो तुम लोगों में खराबी है। चपरासी कौन बैठता है ?"

"दिगम्बर।"

"दिगम्बर को मेरा नाम लेकर कहना, साहब को सलाम बोलना है।"

जो भी हो विपिन बाबू यही सोचकर अपने दिल को तसल्ली देते कि लड़का उन जैसा ही ईमानदार और विनयी हुआ है। पिण्टू क्या खाता है, क्या पहनता है, हर आदत पर उनकी नजर रहती, फिर कहते, "अब जाकर हाथ-मुंह धो डालो और थोड़ी देर आराम करो।"

अपने कमरे में आकर प्रशान्त तख्त पर पड़ जाता। किसी के रेडियो से गाने की आवाज आ रही होती। तभी अचानक विन्दुवासिनी आकर कहतीं, "एक बार डॉक्टर के यहां जाना होगा।"

"क्यों मां ? दवा खत्म हो गई क्या ?"

"दवा तो खत्म नहीं हुई, लेकिन ठीक क्यों नहीं होते। न हो तो किसी और को दिखलाएं।"

"अच्छा।" कहकर पिण्टू उठ खड़ा हुआ। फिर से कमीज पहनी और चप्पल पांव में डाले निकल गया।

उधर से बूढ़ी अम्मा की आवाज आई, "बहू, ओ बहू, दरवाजा

किसने खोला ? कौन आया है ?"

विन्दुवासिनी ने कहा, "पिण्टू जरा बाहर गया है।"

बाहर सड़क पर आकर पिण्टू जरा देर के लिए रुका। बाहर अंधेरे में जैसे खुद को ढूंढ़ रहा था। शचीन बाबू के घर नीली रोशनी हो रही थी। अचानक भूत की तरह सामने के मकान को देखकर पिण्टू सिहर उठा। ईंटों में लोनी लग गई थी। बांस निकल-निकलकर गिर रहे थे। जिस दिन से काम बन्द हुआ था, मकान ऐसे ही पड़ा था। दीवार में काई जम गई थी।

"कौन ?"

पिण्टू को लगा, जैसे कोई उस अधबने घर से बाहर निकला। अजीब बात है ! इस मकान में भी क्या कोई रहता है ? पिण्टू एक कदम आगे बढ़ गया।

"आप कौन हैं ?"

धोती-कुर्त्ता पहने रतन बाबू हैं न ! यहां अंधेरे में क्या कर रहे हैं ? मकान क्या फिर से बनेगा ? शायद बीमारी की वजह से काम बन्द पड़ा था, अब फिर से काम शुरू होगा, मकान पूरा हो जाने पर मीना यहां आकर रहेगी। पूछेगी, "क्या हुआ, फिर स्टूडियो नहीं आए ?"

पिण्टू पूछेगा, 'जयन्त आता है ?'

'हां, उससे तो रोज ही मुलाकात होती है।'

'आपकी वह पिक्चर क्या हुई ?'

'कौन-सी ?'

'वही, जिसमें आप हीरोइन बनी थीं ? फिल्म का नाम था 'सोने का हिरण ! वह तो कब की रिलीज हो गई, आपने देखी नहीं ?'

पिण्टू और भी आगे आया, कहा, "चाचाजी, आप कब आए ?"

अचानक खस-खस-सी हुई। और शायद पिण्टू को देख घबराकर एक गाय रास्ता काटकर चली गई। पिण्टू चौंककर खड़ा हो

गया। छी, छी, ऐसी भी भूल होती है उससे !

जल्दी से सड़क पर आकर बाजार की ओर जाने लगा। उसके कान और आंखें क्या एकदम खराब हो गई हैं ? सामने दाईं ओर लाला की दुकान थी। उसके बाद शचीन बाबू का मकान, फिर मौलसिरी के पेड़ के नीचे विधू की दुकान थी। उसके बाद ही बस का रास्ता था।

उस दिन रमेश बाबू वक्त से पहले ही उठ गए। टेबल सब साफ हो चुका था।

"प्रशान्त बाबू, आज जरा जल्दी जाना है।"

"क्या हुआ ! अभी तो साढ़े चार ही बजे हैं।"

रमेश बाबू कहने लगे, "कहीं साहब से न कह दीजिएगा, जरा मेरा कैश एक बार मिला लीजिएगा, मैं अब चलता हूं।"

"क्यों, ऐसी जल्दी किस बात की है ?"

सिर के बालों को ठीक करते हुए रमेश बाबू ने कहा, "सिनेमा जाने की बात है।"

"सिनेमा ! ऑफिस का काम छोड़कर सिनेमा ! लेकिन अभी से ?"

"खूब भीड़ हो रही है न, अभी से लाइन लगानी होगी, नहीं तो टिकट नहीं मिलेगी !"

"फिल्म कौन-सी है ?"

"बुजदिल।" कहकर रमेश बाबू उठने लगे।

रमेश बाबू जा ही रहे थे कि पिण्टू ने टोका, "सुनिए रमेश बाबू, एक बात···"

"क्या ?"

"अच्छा, आपने 'सोने का हिरण' फिल्म देखी है ?"

"सोने का हिरण !" रमेश बाबू याद करने लगे, फिर पूछा, "याद नहीं पड़ता। हीरोइन कौन है ? सुमित्रा ?"

प्रशान्त ने कहा, "नहीं, मीनाक्षी ! देखने में बहुत सुन्दर है।"

रमेश बाबू सोच में पड़ गए, "मीनाक्षी ? बंगाली ?"

"हां, बंगाली। इतनी सुन्दर लड़की देखने में नहीं आती।"

रमेश बाबू की समझ में नहीं आया। बोले, "पद्मिनी को देखा है ? उससे भी सुन्दरी ?"

"पद्मिनी कौन ?"

रमेश बाबू ने आश्चर्य से कहा, "पद्मिनी को नहीं देखा ?"

"मैं तो आजकल कभी सिनेमा देखने नहीं गया।"

"तब मीनाक्षी को कहां देखा ?"

"एक दिन स्टूडियो में देखा था।"

"आप सिनेमा नहीं देखते, लेकिन स्टूडियो जाते हैं, अजीब बात सुनाई !"

कहकर शायद अचानक ध्यान आया। घड़ी की ओर देखकर चौंक उठे। फिर बोले, "अच्छा मैं चलूं..."

रमेश बाबू चले गए। प्रशान्त ने भी एक बार घड़ी की ओर देखा। इतना सारा काम पड़ा है। वक्त पता नहीं कहां से निकल जाता है। लेजर में टोटल फिगर लिखने से पहले जरा देर को रुक गया। कैश का काम, जरा से काम में गलती हो जाती है। उधर विपिन बाबू फिक्र कर रहे होंगे। विपिन बाबू कहते हैं, "दिमाग ठंडा रखकर काम करना बेटा। ऑफिस का काम करते वक्त बेकार की बातें बिलकुल न सोचना..."

पिण्टू ने कहा, "मैं तो बेकार की बात नहीं सोचता..."

"नहीं सोचते अच्छी बात है, लेकिन मन का कुछ ठीक नहीं है। तुम्हारे पास कौन बैठता है ?"

"रमेश बाबू।"

"रमेश बाबू !" विपिन बाबू याद करने लगे। शायद कोई नया आया होगा। टर्नबुल कम्पनी कोई छोटी-मोटी कम्पनी तो है नहीं। कलकत्ते में सिर्फ यही तो एक कम्पनी है, अंग्रेजों की।

"कायस्थ है या ब्राह्मण ?"

"ब्राह्मण, वन्द्योपाध्याय..."

"अच्छा, अच्छा।" विपिन बाबू को जरा तसल्ली हुई। विपिन बाबू पुराने जमाने के आदमी ठहरे। आज भी उसी हिसाब से सोचते हैं।

अचानक टन्-टन् करके घण्टा बजा। रजिस्टर बन्द कर प्रशान्त कैशरूम में जाकर जमाकर आया। चेक और नकद रुपये भी दे आया। चेक का हिसाब करने में ज्यादा वक्त नहीं लगता, लेकिन नकद रुपये में ही गड़बड़ होती है। हर कोई इसी समय जमा करने आता है। कितनी ही बार जमा नहीं कर पाता, तब प्रशान्त अपने कैश-बॉक्स में ही बन्द कर सील कर देता। अगले दिन कैश-वान के जाने से पहले जमा कर देता।

अपनी ड्राअर बन्द कर प्रशान्त बाहर निकला। निकलने में जरा भी देर हो जाती, तो ट्राम-बस का मिलना मुश्किल हो जाता। भीड़ में बस के सिवाय किसी चीज का ख्याल नहीं रहता, फिर लटकते-लटकते जाना। इसी तरह एक दिन जिन्दगी खत्म हो जाएगी। यह गुलामी भी खत्म हो जाएगी। लेकिन वह उसे गुलामी क्यों समझता है ? कितने ही इस गुलामी के लिए भी तरसते हैं। तन्मय भी तो उसीके साथ पढ़ता था। बी० ए० के बाद एम० ए० किया। अचानक एक दिन मुलाकात हो गई।

"क्यों रे प्रशान्त, कहां जा रहा है ?"

"ऑफिस से लौट रहा हूं..."

"हाथ में यह क्या है ?"

"टिफिन बॉक्स।" प्रशान्त ने खाली डब्बा ऊंचा करके दिखलाया।

"तू क्या कर रहा है ?"

"मैं भी नौकरी खोज रहा हूं।"

प्रशान्त ने कहा, "हमारे ऑफिस में वैकेन्सी है अप्लाई कर दे।"

"तनख्वाह क्या है ?"

"एक सौ दस स्टार्टिंग, पांच रुपये इन्क्रीमेण्ट···"

"एक सौ दस में कौन काम करेगा, मैं ब्लॉक डेवलपमेंट ऑफिसर की पोस्ट के लिए कोशिश कर रहा हूं शायद मिल जाएगी···।"

तन्मय के स्वर में जरा घमण्ड का आभास था।

"कोई है क्या?"

"अरे नहीं, पिताजी ने चैरिटी-फण्ड में दस हजार का चन्दा दिया था न, उसीकी रसीद दिखला दी। अच्छा चलूं, तू तो वहीं बादामतल्ले में है न, एक दिन आऊंगा।" कहकर तन्मय एक चलती हुई बस में लपककर चढ़ गया।

प्रशान्त की नौकरी की किसीने भी तारीफ नहीं की, एक-आध पुराने खयाल के लोगों ने जरूर कहा, "लग गए, अच्छा किया।"

पिण्टू कहता, "लेकिन रुपये बहुत कम हैं, साथ का पढ़ा जो मिलता है, ठीक तरह से बात भी नहीं करता।"

"अरे उन लोगों की बात जाने दो, शुरू-शुरू में सभी आसमान की बातें करते हैं। दो साल बीतने दो, तुम्हीं से जलेंगे।"

अचानक एक ट्राम आते देखकर प्रशान्त उसमें चढ़ गया।

"टिकिट!"

प्रशान्त ने पॉकेट से पैसे निकालकर दे दिए, "बेहाला।"

"बेहाला! यह ट्राम बेहाला तो नहीं जाएगी, यह तो गड़ियाहाट की ट्राम है।"

ट्राम के रुकते ही प्रशान्त जल्दी से उतरा। देर में देर हो रही है! अब तक तो शायद बादामतल्ला पहुंच गया होता। यह शायद भवानीपुर है। उसका कॉलेज इसी ओर था। चार साल तक लगातार यहां आया है। तन्मय का मकान इसी ओर तो है। जयन्त भी यहीं रहता है, शायद मीना भी यहीं रहती होगी। यहां पर रहने वाले सभी लोग बड़े हैं। उस जैसे गरीब और फालतू लोग ही बादामतल्ले में रहते हैं। पिताजी कहते हैं, चोरी और डाका डालकर बड़ा आदमी बनने से क्या फायदा? सिर्फ पिताजी ही क्यों?

ईसा मसीह से लेकर रामकृष्ण परमहंस सभीका तो यही कहना है, लेकिन ये सारे उपदेश क्या प्रशान्त जैसे लोगों के लिए ही हैं ? तभी जयन्त का ध्यान आया। वही तो कह रहा था, 'विद्यासागर, विवेकानन्द और रवीन्द्रनाथ का नाम मत ले, ये सब आज की दुनिया के लिए बेकार हैं।'

'मतलब ?'

'मतलब, आज की दुनिया के लिए ये लोग बैक-डेटेड हो गए हैं।'

'अगर बैक-डेटेड ही हो गए हैं, तो स्कूल और कालेजों में इन लोगों की जीवनी क्यों पढ़ाई जाती है ?'

'असल में ये सब फॉसिल हो चुके हैं। हिस्ट्री के फॉसिल ! चार आने देकर जिस तरह हम लोग म्यूजियम देखने जाते हैं, इन्हें भी हिस्ट्री में पढ़ लेते हैं।'

'तब हम किसे फॉलो करें ? और कौन है ?'

जयन्त ने कहा था, 'क्यों, और कोई हीरो नहीं है ? तू कह रहा है ? नये-नये हीरो क्या पैदा नहीं हो रहे हैं। नवाब पटौदी, राजकपूर, नरगिस, दिलीप कुमार···

उस दिन जयन्त की बातें सुनकर प्रशान्त आश्चर्य में खड़ा रह गया था।

'अरे ये लोग अगर आज की दुनिया के आदर्श न होते, तो सरकार नरगिस को पद्मश्री क्यों देती ? पता है, इन लोगों के पास कितना पैसा है ? तुझे, मुझे, पिताजी, यहां तक कि नेहरू को भी खरीद सकते हैं !'

फुटपाथ पार करते-करते देखा, सामने एक सिनेमा-हॉल है। यह बिल्डिंग पहले कभी इतनी अच्छी नहीं लगी थी। इलेक्ट्रिक बल्बों की झालर से बिल्डिंग झिलमिल कर रही थी। पास ही में था वह थाना। सामने सैकडों गाड़ियां। गाड़ियों से उतरकर कितनी ही औरतें और लड़कियां सिनेमा-हॉल में जा रही थीं।

सिल्क और गहनों से लदीं। मां के बदन पर एक भी गहना नहीं है। ऐसे कपड़े पहने, ऐसी गाड़ी से उतरते हुए मां भी इतनी ही सुन्दर लगेंगी!

बड़े-बड़े हरफों में लिखा था, 'वह्निशिखा'।

अचानक किसीने आकर कहा, "एक टिकट चाहिए क्या?"

प्रशान्त पहले तो चौंक गया, तभी उसकी समझ में आया।

"एक दोस्त आनेवाला था, नहीं आया, इसीसे बेच रहा हूं।"

प्रशान्त अन्दर घुसा। चारों ओर हीरो-हीरोइनों के फोटो लगे थे। अचानक उसे लगा, फिल्म स्टूडियो में उसने यही शक्ल देखी थी। लेकिन वह तो 'वह्निशिखा' नहीं थी, वह तो 'सोने का हिरण' फिल्म थी।

पास में खड़े एक आदमी से उसने पूछा, "एक बात बतलाएंगे?"

"कहिए।"

"कौन-सी फिल्म चल रही है?"

उस आदमी ने पोस्टर की ओर इशारा किया, "वह लिखा तो है।"

प्रशान्त ने पूछा, "अच्छा, 'मीनाक्षी' हीरोइन को जानते हैं?"

"मीनाक्षी? हीरोइन तो कोई नहीं है, एक्स्ट्रा-वेक्स्ट्रा हो तो कह नहीं सकता, क्यों? आप जानना क्या चाहते हैं?"

तभी दो-चार लोग उन दोनों के बीच से निकलने लगे। प्रशान्त भी बाहर की ओर खिसक आया। तब जयन्त की मीनाक्षी का क्या हुआ! हीरोइन नहीं बनी?

दूसरे दिन रमेश बाबू के आते ही प्रशान्त ने पूछा। रमेश बाबू जैसे पहली बार अच्छे लग रहे थे। उनके पास बैठकर काम करने का मौका मिला था, इसलिए प्रशान्त अपने को भाग्यवान समझ रहा था। वह अपने साथ रमेश बाबू की तुलना करने

लगा। एक ही ग्रेड, एक ही ऑफिस, एक ही बिल्डिंग, एक ही नौकरी, फिर भी रमेश बाबू ऐसे अलग-अलग लग रहे थे।

प्रशान्त ने पूछा, "अच्छा रमेश बाबू, आपको अच्छा लगता है?"

"क्या अच्छा लगता है?"

"इस दुनिया में जिन्दा रहना?"

"आप भी कैसी बात कर रहे हैं? दुनिया में रहना अच्छा नहीं लगेगा, तो क्या खराब लगेगा?"

प्रशान्त ने कहा, "नहीं, नहीं, मैं तो ऐसे ही पूछ रहा था, आप हर वक्त खुशमिजाज रहते हैं न, इसीसे पूछा···"

"फिर वही बात, खुश नहीं रहूं, तो क्या गले में फांसी लगा लूं? दुनिया में रहना ही कितने दिन है! अपना तो एक ही उसूल है, जब तक जियो, मौज करो। ऑफिस से सीधा क्लब जाऊंगा। आजकल रिहर्सल चल रहा है न, 'देवला देवी' नाटक होने वाला है।" फिर प्रशान्त से पूछा, "आफिस से आप कहां जाते हैं?"

"मैं सीधा घर जाता हूं। जरा भी देर होने पर पिताजी चिन्ता करने लगते हैं। बेचारे बीमार हैं।"

रमेश बाबू ने कहा, "एक दिन हम लोगों के क्लब में आइए न।"

"लेकिन मैं नाटक-वाटक तो कर नहीं पाता···"

"इससे क्या है? रविवार शाम को चले आइएगा। घर पर करेंगे भी क्या?"

"कल की फिल्म कैसी लगी?"

"वाह, एक नाच बड़े गजब का है, मेरे पैसे तो उसीसे वसूल हो गए।"

"कहानी क्या है?"

"कहानी कौन देखता है, नाच देखकर ही पेट भर गया। आपने तो कुछ भी नहीं किया, आधी उम्र ऐसे ही खो दी।"

"रविवार को रिहर्सल कितनी देर तक चलेगा ?"

"यही कोई रात के नौ बजे तक। घर पर कह आइएगा, लौटने में जरा देर होगी। एक काम करिएगा, घर पर कह आइएगा आज न्योता है···"

आफिस का काम जैसे आज बड़ा हलका-हलका लग रहा था। अरसा हुआ एक दिन जयन्त के साथ स्टूडियो गया था। इस बार थियेटर क्लब जाना था।

"रविवार को तब कितने बजे आऊं ?"

"शाम तक चले आइएगा, रिहर्सल पांच बजे शुरू होगा। रास्ता पहचान लेंगे न ?"

प्रशान्त ठीक समय पर ही पहुंच गया। दूसरी मंजिल का एक कमरा। फर्श पर कार्पेट बिछा हुआ था। दीवार पर बड़ा-सा शीशा लगा था, ऊपर फ्रेम में मढ़ा हुआ था —ॐ रामकृष्णाय नमः ! कमरा खचाखच भरा था। पान और सिगरेट की भरमार थी।

एक ने कहा, "क्या टाइम हुआ ?"

रमेश बाबू चन्दे में मोटी रकम देते हैं। बोले, "काफी टाइम है, आप चालू रखिए···"

"बिना चाय पिए अब नहीं चल रहा।"

एक आदमी चाय लेने दौड़ा। हरिचरण पास आया। रमेश बाबू के कान में बोला, "फुलटुसी आज नहीं आ पाई, प्रॉक्सी का इन्तजाम करना होगा।"

रमेश बाबू चिढ़ गए, "क्यों ? पांच रुपये ले गई है और आज ही ऐबसेण्ट? इस तरह तो हो चुका प्ले ?"

हाथीबगान मोहल्ले का क्लब मशहूर है। लोगों को पता है, यहां का प्ले देखने लायक होता है। यहां पर हुए 'सिराजुद्दौला' प्ले को आज तक लोग नहीं भूले हैं। शिशिर भादुड़ी खुद आकर

देख गए थे। ये सब पुरानी बातें हैं। आजकल तो हर मोहल्ले में क्लब हो गए हैं, उन दिनों पार्ट करने वाले अब बूढ़े हो गए हैं, लेकिन वे लोग आज भी क्लब आते, चंदा भी दिल खोलकर देते। क्लब आते, जरा देर बैठते, रिहर्सल में भूल पकड़ते, फिर पान-तम्बाकू खाते-खाते अपने घर चले जाते।

प्रशान्त इस ओर कभी नहीं आया था। घर से जल्दी ही निकला। विपिन बाबू ने पड़े-पड़े ही पूछा, "ऐ, रविवार को कौन-सा काम आ पड़ा!"

"काम नहीं है, छुट्टी के दिन जरा ऐसे ही एक जने से मिलने जाना है।"

"मिलने? किससे? कहां पर?"

"ऑफिस के ही रमेश बाबू से, काफी दिनों से कह रहे हैं..."

"खाना?"

"खाना वहीं खा लूंगा।"

"ज्यादा देर मत करना।"

जिन्दगी में पहली बार यह अनहोनी हुई थी। सुबह हमेशा की तरह घर का सारा काम कर दिया। अपने कपड़े वगैरह धो डाले। जूतों पर पालिश की।

मां खाना बना रही थीं। पिण्टू ने पूछा, "मां और कुछ लाना है?"

"एक माचिस ला दे बेटा, माचिस खत्म हो गई है..."

पिण्टू फिर लाला की दुकान पर गया।

लाला ने पूछा, "बाबू का क्या हाल है भैया?"

"पहले से ठीक हैं..."

लाला भी जैसे बदल गया है। काले-काले बाल सफेद हो गए हैं। बादामतल्ले में जैसे रौनक बढ़ रही है, लाला झटकते जा रहे हैं। अब लाला की दुकान बड़ी पुरानी और छोटी-छोटी लगती है। विधू की दुकान तो बन्द हो ही चुकी है, उसकी जगह एक बड़ा-सा स्टोर खुला है 'बोस एण्ड सन्स,' फ्लोरेसेंट लाइट, फैन।

प्रशान्त से कितनी ही बार कह चुका है, "हमारे यहां से सामान नहीं लेते···"

प्रशान्त ने कहा, "लाला पुराने आदमी हैं, बराबर उन्हीं के यहां से लेते आए हैं।"

"हमारे यहां से लीजिए न, शचीन बाबू, मोहन बाबू वगैरह सभी खरीदते हैं।"

"लेकिन पिताजी ने तो लाला के यहां से ही सामान लाने को कह रखा है।"

"ठीक है, बंगाली होकर अगर बंगाली को सपोर्ट न करेंगे, तो बंगाली बेचारे कहां जाएं ?"

वैसे 'बोस एण्ड सन्स' के यहां की हर चीज में एक पैसा, दो पैसा ज्यादा दाम होता। बंगाली होने की वजह से या फैन था इसलिए, पता नहीं।

माचिस देकर निकल ही रहा था कि किसीने आवाज दी, "विपिन बाबू हैं क्या ?"

"कौन ?"

पिण्टू ने जाकर दरवाजा खोला। शचीन बाबू थे, साथ में एक महिला थी।"

"आइए चाचाजी, आइए।"

"विपिन बाबू का क्या हाल है अब ? काफी दिनों से आ नहीं पाया। तुम कहीं जा रहे हो क्या ?"

विपिन बाबू को जरा अच्छा ही लगा, "देखिए न, अकेला पड़ा हूं, और कुछ दिन की बात है, अब पिण्टू भी बड़ा हो गया है, जो करना होगा वही करेगा।"

शचीन बाबू ने कहा, "आप सचमुच भाग्यवान हैं कि आपको पिण्टू-सा लड़का मिला है, मोहल्ले में तो और भी लड़के हैं, लेकिन ऐसा एक भी नहीं है।"

"आप लोगों की कृपा है सब···"

"मुंह देखे की नहीं कहता। आपका लड़का लाखों में एक है। कभी भी उसे पान-बीड़ी खाते, सिगरेट वगैरह कुछ भी पीते नहीं देखा।"

फिर जरा रुककर बोले, "जिस काम से आया हूं, वही बतलाऊं, उसे भी साथ लाया हूं।"

"बड़ी अच्छी बात है।"

"मेरी बहन की एक लड़की है, आप अगर उसे देख लें एक बार···"

"मैं देख लूं?"

"हां, आपके पिण्टू की शादी तो होनी ही है। उम्र भी हो गई है, समय पर शादी नहीं करने से···इसके अलावा लड़की बड़ी ही सुशील और देखने-सुनने में अच्छी है। मेरी इच्छा है कि कहीं आसपास में ही रिश्ता करूं, आपका लड़का हम लोगों को पसन्द है।"

विपिन बाबू गद्गद हो उठे, "यह तो बड़े सौभाग्य की बात है, लेकिन शचीन बाबू, वह बेचारा कुल मिलाकर डेढ़ सौ रुपए पाता है।"

"रुपये-पैसे की बात मैं नहीं जानता। पिण्टू तो खुद ही मुझसे तनख्वाह के बारे में कह रहा था।"

खुशी के मारे विपिन बाबू की आंखें छलछला उठीं।

रमेश बाबू उस दिन बुरी तरह काम में फंसे थे। दरवाजे की ओर निगाह जाते ही चीख उठे, "अरे आइए, प्रशान्त बाबू आइए···"

प्रशान्त का हाथ पकड़कर बैठाया, फिर पूछा, "जगह ढूंढ़ने में तकलीफ तो नहीं हुई?"

प्रशान्त सिमटकर एक ओर बैठ गया।

"चाय पिएंगे?"

रमेश बाबू ही क्लब के मुखिया लगते थे। सिर्फ चाय ही नहीं; समोसा, चाप, कटलेट सभी कुछ आया।

"आपको आने में देर हो गई, मैं काफी देर से आपके बारे में सोच रहा था।"

"आप नहीं खाएंगे?"

"हम लोग खा चुके हैं, यह सब आपके लिए ही है।"

प्रशान्त खाते-खाते चारों ओर देखने लगा। कमरा खचाखच भरा था कोई सिगरेट पी रहा था, कोई खा रहा था, तो कोई चाय पी रहा था। एक ओर तीन लड़कियां बैठी थीं।

"लड़कियां क्यों?"

"लड़कियों का पार्ट करने के लिए।"

प्रशान्त को न जाने कैसा शक हुआ। पूछा, "भले घर की लड़कियां हैं न?"

"कहते क्या हैं, भले घर की लड़कियां नहीं हैं, तो क्या रण्डियां हैं? हमारे यहां रण्डियां आ सकती हैं?"

इसके बाद रिहर्सल शुरू हुआ। एक आदमी किताब खोलकर पार्ट समझाने लगा और एक दूसरा बोलने लगा।

एक बुजुर्ग-से आदमी ने कहा, "जरा जोर से हरिपद, लवसीन, फुसुर-फुसुर करके क्या बोल रहे हो?"

प्रशान्त ने कहा, "लगता है आज पहला दिर है..."

रमेश बाबू ने कहा, "नहीं, क्लब के प्रेसिडेण्ट खुद बैठे हैं न इसी लिए, नहीं तो 'आलमगीर' शाहजहां का पार्ट इसीने किया था।"

अचानक एक लड़की पास आकर खड़ी हुई। एकदम प्रशान्त से सटकर। प्रशान्त चौंक गया। फिर शक्ल की ओर देखकर तो जैसे लकवा मार गया, मीनाक्षी! मीनाक्षी यहां?

प्रशान्त को जैसे अपनी आंखों पर विश्वास नहीं हो रहा था, पीले रंग की साड़ी और बैंगनी रंग का ब्लाउज, हाथ में छोटा-सा रूमाल। प्रशान्त एकटक मीनाक्षी की ओर देखने लगा।

लड़की रमेश बाबू के पास आकर बैठ गई। बोली, "आज मुझे दस रुपये देने होंगे रमेश बाबू।"

"दस रुपये !" रमेश बाबू जैसे आकाश से गिरे। बोले, "तुम लोगों की यही तो खराबी है, रिहर्सल हुआ नहीं कि रुपया चाहिए। हम लोग क्या रुपया लेकर भाग जाएंगे ?"

"नहीं, यह बात नहीं है, सख्त जरूरत पड़ गई इसीसे। कल राशन लाने के पैसे भी नहीं हैं। आज बरानगर क्लब से पच्चीस रुपये मिलने की बात थी, लेकिन नहीं मिले।"

"बहाना बनाना तो कोई तुम लोगों से सीखे। आज तक कभी एक पैसा भी रखा है हमारे क्लब ने ?"

"मैं यह कब कहती हूं ? आप दया करके दे दें तो अच्छा है।"

"इस तरह विदाउट नोटिस रुपया कैसे दे सकता हूं। मुझे भी तो हिसाब रखना होता है ?"

"कसम से रमेश बाबू, बड़ी सख्त जरूरत है, न हो तो अपने पाकेट से ही दे दीजिए, मिलते ही लौटा दूंगी।"

"मेरी जेब में पैसा होता, तो क्या मना करता ? जो कुछ है क्लब के पैसे हैं।"

"इसका मतलब, नहीं देंगे ?"

"हां, तब तो दूं।"

"तब तो काम करने में मन नहीं लगेगा। अच्छा दस रुपये नहीं, तो पांच ही सही···"

"पांच पैसे भी नहीं मिलेंगे। हां, कुछ नाश्ता-पानी करना चाहो तो खिला सकता हूं।"

"ठीक, वही खिलाइए !"

"चलो," कहकर रमेश बाबू प्रशान्त से बोले, "आप जरा देर बैठिए, मैं इन्हें कटलेट खिलाकर आया।"

कहकर रमेश बाबू जा रहे थे। अचानक प्रशान्त ने पुकारा,

"रमेश बाबू, एक बात···"

"क्या ?"

"इस लड़की का नाम क्या है ? मीनाक्षी है न ?"

"मीनाक्षी किसने कहा ? इसका नाम तो अंजली बनर्जी है।" कहकर रमेश बाबू चले गए।

प्रशान्त सोचने लगा। अंजली बनर्जी ही होगा। मीनाक्षी यहां दस रुपये के लिए खुशामद करने क्यों आने लगी। उसे तो एक ही फिल्म में काम करने के लिए पन्द्रह हजार रुपये मिलते हैं।

रात के साढ़े आठ बज गए। इतना वक्त कहां चला गया, पता ही नहीं चला।

रमेश बाबू ने एक बार पूछा था, "प्रशान्त बाबू, कैसा लग रहा है ?"

प्रशान्त तो जैसे नाटक में खो गया था। उसे लग रहा था जैसे इस कलकत्ते का भूत, भविष्य और वर्तमान सब हाथी-बगान क्लब के इस कमरे में ही समा गया था। कलकत्ते का ही क्यों, उसके अपने जीवन का अतीत भी जैसे यहीं था। मध्ययुग के सघन वन जैसे वह था और थे नाटक के नभिनेता-अभिनेत्री।

"चाय पीएंगे ?"

रमेश बाबू उसकी ओर देख रहे थे। ऑफिस के इस शर्मीले लड़के की दोनों आंखें जैसे बड़ी-बड़ी हो गई थीं। एकटक रिहर्सल देख रहा था।

"आपको देर तो नहीं हो रही प्रशान्त बाबू ?"

"नहीं, आप फिक्र न करें।"

एक-एक दृश्य का रिहर्सल होता, फिर थोड़ी देर रेस्ट। हा-हा, ही-ही, मजाक, सिगरेट और चाय।

"चंचल दा, कल आपने अंजली को चाप खिलाई थी, आज नहीं बचने के।"

"अरे बाबा, तुम्हारी नजर तो बड़ी तेज लगती है ?"

रमेश बाबू के कान के पास मुंह ले जाकर प्रशान्त ने कहा, "लड़कियां बड़ी बेशर्म हैं।"

"आदमियों में उठते-बैठते हया-शर्म चली गई है।"

"अच्छा, इन लोगों को रुपये देने होते हैं ?"

"वाह, रुपये नहीं देने होंगे ! पैसा नहीं लेंगी, तो क्या यहां घर सूरत दिखलाने आई हैं ? गाड़ी से घर पहुंचाना होगा, चाप-कटलेट का नाश्ता कराना होगा, रुपये तो खैर हैं ही।"

"और लड़कों को ?"

"उन्हें किस बात के रुपये ? उन्हें तो उलटे चन्दा देना होता है। लड़कियों के साथ काम करने को मिलेगा !"

प्रशान्त को बड़ा अजीब-अजीब लग रहा था। सब भले घरों की लड़कियां इन लोगों की भी तो घर-गृहस्थी है, घर का काम है।

"धीरे, जरा आहिस्ता-आहिस्ता बात करिये।"

"लेकिन आप लोग लड़कियों के साथ उठते-बैठते हैं, आप लोगों के घरवाले कुछ नहीं कहते ?"

रमेश बाबू हंसने लगे। बोले, "क्यों ! हम लोग क्या कोई खराब काम कर रहे हैं ? रिहर्सल के बाद अपने-अपने घर चले जाते हैं। और ये लोग क्या सिर्फ यहीं आती हैं ? एकसाथ छः-सात क्लबों में रिहर्सल और शो करती हैं !"

फिर प्रशान्त की ओर देखकर बोले, "आप आफिस के बाद रोज यहां आइए न, हमारे क्लब के मेम्बर क्यों नहीं हो जाते ?"

"चन्दा कितना है ?"

"दो रुपये महीने। नाटक होने के समय दस रुपये अलग से।"

प्रशान्त ने अचानक कहा, "अच्छा, आपने अंजली बनर्जी को दस रुपये क्यों नहीं दिए ! बेचारी कितनी मुश्किल में थी, मेरे पास होते तो मैं ही दे देता।"

रमेश बाबू ने कहा, "आपका दिमाग खराब हुआ है ? राशन का बहाना कर कितनी बार मुझसे रुपये ले चुकी है ।" तभी जैसे अचानक ध्यान आया, "आपको देर तो नहीं हो रही, नौ बज रहे हैं···।"

प्रशान्त ने कहा, "नहीं-नहीं, आप फिक्र न करें, मैं घर पर कहकर आया हूं ।"

तभी आवाज आई, कोई कह रहा था, "आज-गर के लिए पैक अप···"

सब लोग शोर मचाते हुए उठने लगे ।

रमेश बाबू ने कहा, "आप जाएंगे कैसे ? अच्छा, ठहरिए, मैं आपको एक गाड़ी देता हूं । धर्मतल्ले तक उसमें जाइए, वहां से बस पकड़ लीजिएगा ।"

सचमुच गाड़ी का इन्तजाम हो गया । ड्राइवर के पास रमेश बाबू ने प्रशान्त को बैठा दिया और तीनों लड़कियां पीछे बैठीं । अंजली, टगर और तीसरी का नाम नहीं मालूम ।

"कल ऑफिस में मिलेंगे ।" कहकर रमेश बाबू चले गए । साथ ही गाड़ी भी चल दी ।

प्रशान्त देख सामने की ओर रहा था, लेकिन कान पीछे लगे थे ।

अंजली कह रही थी, "यह साड़ी क्या नई ली है ?"

टगर ने कहा, "हां री, कैसी है ?"

"अच्छी है, कितने की है ?"

"सोलह रुपये । मेरी इच्छा थी, थोड़े-से रुपये और मिलाकर सिल्क की कांजीवरम साड़ी खरीदूं ।"

अचानक तीसरी लड़की ने कहा, "मैं जरा यहीं उतरूंगी भाई ।"

"क्यों, यहां किसलिए ?"

"जरा भाई के यहां जाना है, बीमार है, देखती जाऊं···"

इसी तरह टगर भी एक जगह उतर गई। गाड़ी में सिर्फ प्रशान्त और अंजली बनर्जी थे। दोनों चुप थे। खाली गाड़ी के इंजिन की आवाज आ रही थी। दो चेहरे एक जैसे कैसे हो सकते हैं? मीनाक्षी और अंजली। जयन्त का नाम लेते ही पता लग सकता है। काफी हिम्मत कर प्रशान्त ने बोलने की कोशिश की, लेकिन ड्राइवर की शक्ल देखते ही हिम्मत टूट गई। कहीं क्लब में जाकर कह दिया तो। इसके अलावा···

"अच्छा, आपसे एक बात पूछनी थी।"

"यहीं, यहीं पर रोक दीजिए।"

गाड़ी चीं करके रुक गई। अंजली बनर्जी खुद ही दरवाजा खोलकर उतर गई। दुकानों की पटरी पर कितने ही लोग बैठे गप्प लगा रहे थे। उस ओर देखे बिना अंजली एक पतले से रास्ते से अन्दर चली गई। इसके बाद दरवाजा खटखटाते ही किसी ने दरवाजा खोल दिया। तब तक गाड़ी भी स्टार्ट हो चुकी थी।

प्रशान्त को जैसे यकीन नहीं हो रहा था। उसने मुड़कर देखा, सचमुच क्या अंजली चली गई थी!

"आपको धर्मतल्ले पर उतार दूं?"

"ठीक है, देखिए तो पिछली सीट पर शायद कुछ पड़ा रह गया है।" कहकर प्रशान्त ने पीछे हाथ बढ़ाकर वैनिटी बैग उठा लिया।

लेकिन ड्राइवर ने कहा, "मुझे दीजिए क्लब में लौटा दूंगा।"

प्रशान्त ने कहा, "मैं ही कल रमेश बाबू को दे दूंगा।"

"अरे, आप क्यों तकलीफ उठाते हैं, मैं तो क्लब जा ही रहा हूं।"

दूसरे दिन सुबह ही प्रशान्त फिर उसी जगह पर मौजूद था। ऑफिस की पोशाक और हाथ में टिफिन-बाक्स। दरवाजे के सामने खड़ा प्रशान्त सोच रहा था, दरवाजा खटखटाये या नहीं।

वैसे यहां उसके आने की कोई बात नहीं थी, सीधा ऑफिस जाने वाला था।

"मां, जरा दस रुपये की जरूरत है।"

मां को भी अजीब लगा। इतने रुपये पिण्टू ने कभी मांगे नहीं।

"दस रुपये का क्या करेगा?"

"जरूरत है, दो-एक दिन बाद वापस कर दूंगा।"

मां ने और कुछ नहीं पूछा; रुपये देकर बोली, "कल शचीन बाबू आए थे।"

"वह तो मेरे सामने ही आए थे।"

"अपनी भांजी के साथ तेरी शादी तय करना चाहते हैं।"

पिण्टू ने कहा, "पिताजी जो ठीक समझेंगे वही होगा।"

दरवाजा खटखटाते ही किसी ने किवाड़ खोल दिया।

"आप कौन हैं? किससे मिलना चाहते हैं?"

"अंजली बनर्जी हैं?"

"आप कहां से आ रहे हैं?"

"मैं हाथीबगान ड्रामेटिक क्लब से आ रहा हूं। कल रात गाड़ी में अंजली बनर्जी को यहां छोड़ गया था। उनका वैनिटी बैग गाड़ी में रह गया था, वह क्या उन्हें मिल गया?"

एक सांस में प्रशान्त यह सब कह गया।

"अरे आप हैं?"

अंजली बनर्जी आंगन पार कर दरवाजे के पास आई। कल जिस लड़के ने इतनी देर तक एक शब्द भी मुंह से नहीं निकला, वही उसके दरवाजे पर खड़ा है।

"आइए, अन्दर आइए।" कहकर अंजली ने दरवाजा पूरा खोल दिया।

"मुझे ऑफिस जाना है, ऑफिस जाने से पहले आपसे एक बात कहनी थी।"

"तो ऑफिस जाइएगा न, मैं क्या मना कर रही हूं। अजब आदमी हैं, घर पर आए ज़रा देर बैठे बिना ही चले जाएंगे ? आइए।"

"अच्छा चलिए, लेकिन ज्यादा देर नहीं बैठ पाऊंगा।"

अजली आगे-आगे रास्ता दिखाती चल रही थी, "बेलेघाटा संस्कृति संघ से एक आदमी के आने की बात थी, मैंने सोचा वही आया है, चाय पिएंगे न ?"

अन्दर जाते-जाते प्रशान्त के शरीर में रोमांच होने लगा। नौकरानी पता नहीं कहां चली गई थी। अंजली बनर्जी ने लाल रंग की साड़ी पहन रखी थी। शायद अभी-अभी नहाकर आई थी। गीले बाल पीठ पर लहरा रहे थे। आंगन पार कर अन्दर के कमरे में ले आई। बम्बइया नक्काशी का ऊंचा पलंग, सफेद गोल संगमरमर का टेबल और एक कुरसी। प्रशान्त उस कुरसी पर बैठ गया। दीवार पर कितने ही फोटो लगे थे। एक ही चेहरा, सभी में अंजली बनर्जी के विभिन्न पोज थे। किसी में साड़ी, किसी में सलवार, तो किसी में मर्दानी पोशाक पहने।

"आप पलंग पर आराम से बैठिए।"

प्रशान्त ने कहा, "नहीं-नहीं, मुझे ऑफिस जाना है, वह तो आपके हैंडबैग का ध्यान आ गया, इसी से बतलाने चला आया।"

"मेरा हैंडबैग ?"

"आपके उतर जाने के बाद देखा, गाड़ी में एक हैंडबैग पड़ा है। सोचा, शायद आपका होगा। मैं ला रहा था, लेकिन ड्राइवर बोला कि वह क्लब में जमा करा देगा।"

"शायद लावण्य का होगा, जल्दी में भूल गई होगी।"

"ठीक है, आप लावण्य देवी से कह दीजिएगा, मैं अब चलूं।"

कहकर प्रशान्त उठ खड़ा हुआ।

लेकिन अंजली ने कहा, "चाहें तो बैठिए थोड़ी देर, इस समय मैं खाली हूं।"

"लेकिन मुझे ऑफिस जाना है।"

"आपका ऑफिस कौन-सा है ?"

"टर्नबुल एण्ड जॉनसन, इम्पोर्टर्स एण्ड एक्सपोर्टर्स।"

अंजली जरा देर तक सोचती रही। फिर बोली, "आप लोगों के ऑफिस में थियेटर नहीं होता ? मुझे तो ध्यान नहीं आता।"

प्रशान्त ने कहा, "होता तो है, लेकिन लड़कियों को लेकर नहीं, बड़े बाबू को पसन्द नहीं है।"

"लगता है, काफी बूढ़े हैं ?"

प्रशान्त हंसने लगा, "हां, बूढ़े लोगों को आपत्ति होती ही है।"

'लेकिन असल में वृढ़ों को ही इस सवमें ज्यादा इण्टरेस्ट होता है।"

"हैं !"

"हां, हाथी बगान ड्रामेटिक क्लब में जितने बूढ़े-बूढ़े मेम्बर हैं, वे ही ज्यादा चन्दा देते हैं, रिहर्सल के लिए सबसे पहले वे ही लोग आकर बैठते हैं।"

"लेकिन रमेश बाबू तो ज्यादा बूढ़े नहीं हैं।"

तभी जैसे अचानक याद आया। उसने कहा, "हां, आप कल रमेश बाबू से दस रुपये मांग रही थीं, अगर चाहें तो मैं दे सकता हूं।"

कहकर प्रशान्त ने जेब से रुपये निकाले।"

रुपये की ओर देखते हुए अंजली ने कहा, "रुपये क्या मेरे लिए लाए हैं ?"

"हां, आपने कल रमेश बाबू से रुपये के लिए कहा था न, लीजिए।"

अंजली ने हाथ बढ़ाकर रुपये ले लिए, फिर बोली, "लेकिन लौटाऊंगी कैसे ?"

प्रशान्त ने कहा, 'उसके लिए परेशान न हों, मैं ही आकर ले जाऊंगा।"

"आप कब आएंगे ? उस समय पास में अगर रुपये न हों ?" फिर जरा रुककर बोली, "इससे तो आप अपना पता छोड़ जाइए, मैं दे आऊंगी या मनीआर्डर से भेज दूंगी।"

प्रशान्त चुप रहा। फिर बोला, "नहीं-नहीं, उसमें बात खुल जाने का डर है, मेरे आने में क्या कोई बुराई है ?"

"बुराई क्यों होने लगी ? खूब कहा ! आप लेनदार हैं, आपका पूरा-पूरा अधिकार है, आप आकर तगादा करें, अगर न दे पाऊं, तो मुझे दो बातें सुनाएं, गाली दें।"

इतनी देर बाद प्रशान्त के चेहरे पर हंसी आई। बोला, "नहीं-नहीं, मेरा यह मतलब नहीं है, जब मर्जी हो रुपये दीजिएगा, मुझे इन रुपयों की खास जरूरत नहीं है।"

आंचल में रुपये बांधते-बांधते अंजली ने कहा, "जरा बैठिए न, आपके लिए चाय बना दूं।"

"अभी-अभी खाना खाकर निकला हूं, इसके अलावा मैं चाय पीता भी नहीं।"

कहकर प्रशान्त फिर उठ खड़ा हुआ।

"और एक बात, कल से सोच रहा हूं।"

"क्या बात ?"

"कल आपको देखकर मुझे एक और लड़की की याद आ गई। उससे आपकी शक्ल हूबहू मिलती है, इसीलिए आपको देखकर मैंने रमेश बाबू से पूछा, आपका नाम क्या है ? आपका नाम अंजली बनर्जी सुनकर मुझे अजीब लगा।"

अंजली बनर्जी ने कहा, "कौन है वह ? किस की याद आई ?"

प्रशान्त ने कहा, "वह एक सिनेमा की हीरोइन है···"

"सिनेमा की हीरोइन ?"

"हां, काफी दिन हुए टालीगंज के एक फिल्म स्टुडियो में पहली बार देखा था। कल इसी से कई बार पूछना भी चाहा, लेकिन···"

"गाड़ी में तो कल आप एकदम शुक्राचार्य की तरह मुंह फुलाए बैठे थे, एक बार देखा भी नहीं हम लोगों की ओर।"

"देखने की इच्छा तो बहुत हो रही थी, लेकिन पता नहीं आप लोग क्या सोचतीं!"

"आप तो बड़े शर्मीले लगते हैं···"

"शर्मीला तो नहीं, फिर भी···।"

"शायद बीवी के डर से···"

"शादी ही नहीं हुई फिर बीवी! यह बात नहीं है, लेकिन लड़कियों की ओर ताकना क्या अच्छी बात है?"

"अच्छा-बुरा नहीं मालूम, लेकिन हम लोग जहां भी जाते हैं, सभी ताकते हैं। आपकी तरह शर्मीला तो नहीं देखा, हमें बुलाकर चाय पिलाते हैं, खाना खिलाते हैं, हम लोगों के हंसने पर धन्य हो जाते हैं।"

"तब तो मेरे बारे में भी आपने यही सोचा होगा, मैं भी तो बिना परिचय चला आया।"

अंजली खिलखिलाकर हंसने लगी। बोली, "आप क्या, कितने ही लोग इस तरह आ चुके हैं।"

"छी-छी, तब तो मुझे चलना चाहिए।"

कहकर प्रशान्त जा ही रहा था कि अंजली ने खप से उसका हाथ पकड़ लिया। फिर बोली, "सच-सच बतलाइए न, किसलिए आए थे···।"

और ले जाकर फिर से पलंग पर बैठा दिया।

"आप ये दस रुपये देने आए थे, या मुझसे परिचय करने आए थे?"

प्रशान्त जैसे गूंगा हो गया। कमरे में चारों ओर देखने लगा। अंजली बाहर चली गई थी। बाहर से किसी के बात करने की आवाज सुनाई दे रही थी···।

"कौन है अंजली? किस क्लब का है?"

"हाथीबगान।"

"मैंने सोचा, बेलेघाटा का वही छोकरा है। क्या करने आया है? नया प्ले होगा?"

"वह सब बाद में बताऊंगी, जरा मेरा राशन मंगवा दो न, मैं तब तक चाय बनाती हूं।"

पास के कमरे में किसी के कराहने की आवाज़ आ रही थी, "आह, मर गई रे···" जैसे कोई दर्द से छटपटा रहा था। यह कैसा घर है, मर्द का जैसे निशान ही नहीं है।

"आपको काफी देर बैठाए रखा।" कहकर चाय का कप टेबल पर रख दिया।

प्रशान्त ने कहा, "मैंने तो आपसे कह दिया था, खाना खाकर आया हूं, वैसे चाय पीता भी नहीं हूं।"

"जो भी हो, खाना आपने नौ बजे खाया है, इस समय बारह बज रहे हैं।"

"बारह!" प्रशान्त जैसे चौंक उठा। आश्चर्य! ऑफिस में खबर तक नहीं की। अंजली बोली, "टिफिन-बॉक्स तो है ही, वह भी खोल लीजिए न···"

"ऑफिस जाकर ही खाऊंगा।"

तभी एक फोटो की ओर इशारा करते हुए प्रशान्त ने पूछा, "वह किसका फोटो है?"

"दो-एक बार सिनेमा में काम किया है, उसी के फोटो हैं···"

"आपने सिनेमा में काम किया है?"

"हां।"

"तब मीनाक्षी नाम की किसी लड़की को जानती हैं? मशहूर हीरोइन है?"

अंजली बनर्जी की निगाहें जैसे तेज हो गई थीं। बोली, "मीनाक्षी?"

प्रशान्त ने कहा, "हां, उन दिनों उसका रेट पन्द्रह हजार

था। अब एक लाख हो गया होगा।"

"आप पहचानते हैं उसे ?"

"अर्सा हो गया, अपने एक दोस्त के साथ फिल्म-स्टूडियो गया था, वहीं देखा था। बड़ी सुन्दर थी, उसके पिताजी के साथ भी मेरा परिचय था, लेकिन मेरे पिताजी को यह सब पसन्द नहीं है। अब तो शायद वे लोग, मुझे देखकर पहचान भी न पाएंगे।"

इसके बाद अंजली की ओर देखकर कहा, "आप सिनेमा तो देखती हैं?"

अंजली ने कहा, "देखती हूं।"

"सोने का हिरण' देखा है, बंगला फिल्म है।"

अंजली जैसे कुछ समझ ही नहीं रही थी।

"लगता है आप बंगला फिल्म नहीं देखतीं। चाय के कप में एक चुस्की लगाकर प्रशान्त ने फिर कहा, "जीवन में जो लोग छोटे से बड़े होते हैं, अपने पुराने मिलने वालों को पहचानते ही नहीं, दुनिया का कानून ही यही है।"

अंजली मन लगाकर बड़े ध्यान से प्रशान्त की बातें सुन रही थी। उसने कहा, "मीनाक्षी के साथ आपका परिचय हुआ था ?"

"नहीं, हिम्मत नहीं पड़ी। मेरा एक दोस्त है, उसके साथ मीनाक्षी का परिचय था। उसी के घर मीनाक्षी रहती थी, अब तो अलीपुर या बालीगंज में मकान बनवा लिया होगा। उस जयन्त ने ही मीनाक्षी को फिल्म में चान्स दिलवाया ?"

"जयन्त से आपकी मुलाकात नहीं होती ?"

"नहीं, मेरे पिता जी को यह सब पसन्द नहीं है। उस दिन स्टूडियो जाने के लिए कितनी मार पड़ी थी !"

"अब आपके पिताजी आपत्ति नहीं करते ? आप तो हाथी-बगान क्लब के मेम्बर हैं ?"

"मेम्बर तो नहीं हुआ था, रमेश बाबू मेरे ऑफिस में ही काम करते हैं, उन्होंने ही कहा था, इस वजह से गया था।"

"और आज जो यहां आए हैं, किससे कहकर आए हैं ?"

"किसी से नहीं, मुझे क्या खुद ही पता था कि यहां आऊंगा, लेकिन…"

अचानक किसीने दरवाजा खटखटाया।

प्रशान्त ने कहा, "आपको कोई बुला रहा है, अब चलूंगा…"

लेकिन अंजली ने रोक दिया, "नहीं, आपसे काप है, अभी आप नहीं जाएंगे।"

प्रशान्त को बड़ा आश्चर्य हो रहा था। उसे अंजली के साथ क्या काम हो सकता है ? लेकिन उस बात को पूछने का मौका दिए बिना ही अंजली कमरे से बाहर चली गई।

उस दिन भी खा-पीकर शचीन बाबू आ पहुंचे, "विपिन बाबू सो रहे हैं क्या ?"

रिटायर्ड ऑफिसर ठहरे, हमेशा दस से पांच ऑफिस में रहे। रिटायर होने के बाद ऑफिस से बाहर आकर देखा, सब कुछ बदल गया ! खुद अपने बच्चों का हाल देखकर दांतों तले उंगली दबा ली। यह कैसे बाल हैं ! ये कपड़े पहने हैं या और कुछ ! किसी सिनेमा स्टार की नकल हो रही है। राम-राम क्या जमाना आ गया ! धोती-कुर्ता सब कहां गया। ये ट्राउजर, शर्ट, बुशर्ट ! जैसे रातोंरात सब कुछ बदल गया था। रेडियो पर के गाने सुनकर सर पकड़ लिया, जोर से चीखा, "बन्द करो, इन गानों को, न सर है न पैर, तुम लोग क्या सुनते हो ?"

बीवी कहती, "तुम पुराने जमाने के आदमी हो, क्यों बेकार दिमाग खराब कर रहे हो ?"

"वाह ! मैं दिमाग खराब कर रहा हूं ? ये गाने कोई पैसा खर्च कर सुनता है ?"

गली से गुजरते लड़कों को देखते रहते। एक दिन तो एक लड़के को रोक ही लिया, "ऐ लड़के, सुनो…"

पीछे से आवाज सुनकर लड़का पहले तो जरा सिटपिटाया, फिर पास आकर बोला, "मुझे बुला रहे थे ?"

"हां, तुम्हें नहीं बुला रहा तो किसे बुलाऊंगा ? पूछता हूं तुम कौन हो ?"

लड़के की समझ में नहीं आया। पूछा, "जी, क्या कहा ?"

शचीन बाबू झुंझला उठे, "तुम क्या सीधी बात भी नहीं समझते ? किस घर के लड़के हो, कहां जा रहे हो ?"

"मैं यतीश बाबू के यहां जा रहा हूं।"

"यतीश सिकदार या यतीश भट्टाचार्य ? किसके यहां ?"

"जी, यतीश भट्टाचार्य के यहां। उन्तीस बादामतल्ला लेन।"

"ओ यतीश भट्टाचार्य, वो तुम्हारे कौन हैं ?"

"मेरे ससुर हैं···"

"ओह समझा, उस दिन जिस लड़की की शादी हुई थी, तो तुम्हीं हो यतीश बाबू के छोटे जमाई, ठीक है, जाओ।"

लड़का जा ही रहा था कि शचीन बाबू ने फिर पुकारा। कहने लगे, "एक बात कहूंगा भैया, तुम्हारे अच्छे के लिए ही कह रहा हूं। इस तरह जूते चर्र-मर्र करके चलना अच्छी बात नहीं है।"

लड़का आंख फाड़े शचीन बाबू की ओर देख रहा था, बेचारा जान बचाकर भागा।

शचीन बाबू की बीवी अन्दर से सबकुछ सुन रही थी। आकर बोली, "पराये घर के जमाई से यह सब कहने की क्या जरूरत है, तुम्हारा क्या दिमाग खराब हो गया है ?"

शचीन बाबू ने कहा, "देखो न कैसे चल रहा, इस तरह चर्र-मर्र करते हुए जाना क्या अच्छी बात है ! वह विपिन बाबू का लड़का भी तो है, कितना सीधा और विनयी है, रोज इसी रास्ते से जाता है, बेचारा कभी सर ऊपर करके भी नहीं देखता···।"

शचीन बाबू की बहन मनोरमा ने भी सुना, पास आकर बोली, "भैया, उन लोगों की जात क्या है ?"

"ब्राह्मण। अपनी ही जात के हैं।"

"तब तो दादा, उन्हींके लड़के से मेरी बुली का रिश्ता कर दो।"

"लेकिन अपना मकान तक नहीं है, किराये के मकान में रहते हैं? जो कुछ है वही नौकरी···"

"वह सब ठीक हो जाएगा। ऐसा राजकुमार-सा लड़का मुझे कहां मिलेगा? रही मकान की बात, आजकल सबमें ऊपरी टीम-टाम बहुत देखने को मिलती है। बाद में पता चलता है कि मकान रेहन रखा है।"

असल में इसी तरह बात चली थी। उस दिन शचीन बाबू ने प्रशान्त को खुद देखा था। छोटे-छोटे बाल। सादा पोशाक। शचीन बाबू को लड़का बहुत पसन्द आया। उसीके बाद वे विपिन बाबू के पास आए।

शचीन बाबू को फिर आया देखकर विपिन बाबू को जरा अजीब ही लगा।

"कोई खास बात शचीन बाबू?"

"उसी रिश्ते के बारे में आया था। वैसे लड़की पसन्द होने से पहले कुछ कहना बेकार है, लेकिन बहन ने लेन-देन की बात पक्की करने भेज दिया है।"

विपिन बाबू जरा सूखी-सी हंसी हंसे। कहने लगे, "आपके साथ लेन-देन की क्या बात होनी है। आप भी मुझे जानते हैं, मैं भी आपको जानता हूं।"

"फिर भी कुछ तो?"

"देखिए शचीन बाबू, मेरे लिए तो शादी ठीक करने का यह पहला मौका है। बच्चों में यह पिण्टू ही है, भाई-बहन भी नहीं थे। इसलिए लेन-देन के बारे में मुझे कुछ भी पता नहीं है।"

"जमीन-वमीन खरीदी है?"

"जी नही, औकात ही नहीं हुई।"

"आपके सामने दो सौ, तीन सौ रुपये काठा करके जमीन बिक गई, आपने कुछ भी नहीं किया ?"

"नहीं, उन दिनों मैंने सपने में भी नहीं सोचा था कि पिण्टू ठीक से आदमी बन जाएगा। इसके अलावा किसीने सोचा था कि जंगल-सा बादातल्ला एक दिन शहर बन जाएगा।"

शचीन बाबू ने कहा, "बांसद्रानी के पास की जमीन का भाव आज भी डेढ़ हजार है, खरीदेंगे ?"

"विपिन बाबू का स्वर भारी हो गया। बोले, "पिण्टू को कितने रुपये मिलते हैं, पता है ?"

"वह जाने दीजिए, आपके लड़के को आखिर कुछ दहेज भी तो देना होगा ?"

विपिन बाबू का चेहरा न जाने कैसा हो गया। जैसे दम घुट रहा था।

शचीन बाबू ने कहा, "क्या हुआ विपिन बाबू ?"

किसी तरह विपिन बाबू के मुंह से निकला, "बड़ी तकलीफ हो रही है। शचीन बाबू···"

विन्दुवासिनी अन्दर से सब कुछ सुन रही थी। कमरे में जाए या नहीं, सोच रही थी। शचीन बाबू ने भी हालत समझकर कहा, "मैं फिर किसी दिन आऊंगा।"

विपिन बाबू उद्विग्न हो उठे, "नहीं नहीं, शचीन बाबू, आप बैठिए···"

"कल फिर आऊंगा।"

"नहीं, शचीन बाबू, पिण्टू का मकान बनेगा···पिण्टू की शादी होगी···शचीन बाबू, आप जाइए मत···बैठिए···"

उन्नीस सौ चालीस-बयालीस का कलकत्ता शचीन बाबू का देखा हुआ था। विपिन बाबू का भी देखा-भाला था। एक ओर युद्ध की विभीषिका, दूसरी ओर यह हालत। उन्हीं दिनों शायद

पहली बार लड़कियों का बाहर निकलना शुरू हुआ था।

नीरद बाबू नाक सिकोड़कर कहते, "छी-छी, च्-च्।"

नीरद बाबू की च्-च् सुनकर विपिन बाबू को अजीब लगता।

"नहीं साहब, अब गुजर नहीं होने की; विपिन बाबू, आपको कहे देता हूं, अगर लड़के का भला चाहते हैं तो फौरन कलकत्ता छोड़ दीजिए।"

"बाहर कहां जाऊं? सभी जगह का तो एक ही हाल है।"

लड़कियां शुरू-शुरू में 'गर्ल गाइड' बनीं। "वाकाई' बनकर मिलिटरी में घुसी। सिनेमा और थियेटर देखने घर से बाहर आईं। बाद में जब लड़ाई खत्म हो गई, लौटना पड़ा, नौकरी खत्म। अनाज के दाम आसमान छू रहे थे, अनाज ही क्यों, हर चीज का एक ही हाल था। सिविक गार्ड्स और ए० आर० पी० भी टूट चुकी थीं। चोरी-डकैती बढ़ गई थी।

"च्-च्···आपने कुछ सुना?"

नीरद बाबू के गले की आवाज शर्म और घृणा से दबी जा रही थी। काम करते-करते विपिन बाबू कहते, "क्या हुआ?"

"धीरे से कहूंगा, इधर आइए···"

विपिन बाबू ने अपना कान मुंह के पास कर दिया।

"पता है, कलकत्ते में लड़कियों से क्या कराया जा रहा है? मैसाज क्लिनिक हो रही है?"

"मैसाज क्लिनिक?"

पहले तो विपिन बाबू कुछ समझ ही नहीं पाए। बाद में नीरद बाबू ने समझा दिया।

"मोहल्ले-मोहल्ले में मैसाज क्लिनिक खुल रही है। असल में वह कुछ भी नहीं, अन्दर रासलीला चल रही है।"

"लेकिन पुलिस कुछ नहीं कहती?"

"अरे पुलिस का नाम न लीजिए, वही तो करा रही है, उसका हिस्सा जो है···"

सुनकर विपिन बाबू और कहीं नहीं रुके। सीधे घर पहुंचे।

आते ही पूछा, "पिण्टू कहां है ?"

विन्दुवासिनी ने कहा, "मिट्टी का तेल लाने दुकान भेजा है।"

विपिन बाबू सीधे पिण्टू के कमरे में पहुंचे। उसकी जेब में हाथ डालकर देखा, सिगरेट-बीड़ी तो नहीं रखी है कहीं ? यही उम्र सबसे खतरनाक होती है। पिण्टू की किताबें भी देखीं, लेकिन कोई नावेल वगैरह नहीं था।

विन्दुवासिनी ने पूछा, "क्या ढूंढ़ रहे हो ?"

"कुछ सुना तुमने, उधर गजब हो गया। आज नीरद बाबू कह रहे थे, जगह-जगह पर मैसाज क्लिनिक खुल रही है।"

विन्दुवासिनी अंग्रेजी नहीं समझती थी। पूछा, "वह क्या होता है ?"

"तुम्हारी समझ में नहीं आएगा" कहकर समझाने की कोशिश भी नहीं की। लड़के के दूकान से लौटते ही उसे पकड़ा, "कालेज से लौटने में इतनी देर क्यों होती है ?"

"मैं तो कहीं नहीं जाता।"

"नहीं जाते तो देर क्यों होती है ?"

"वही एक दिन गया था, फिर तो कभी गया नहीं।"

बात कबुलवाकर बिपिन बाबू को जैसे तसल्ली हुई।

लेकिन मुश्किल आनी हो तो कहां से आती है, कुछ कहा नहीं जा सकता। 1599 में क्वीन एलिजाबेथ के जमाने में जबकि ईस्ट इंडिया कम्पनी की नींव पड़ी, उस समय की इंडिया और इस इंडिया में बड़ा अन्तर था। गृहलक्ष्मी आकर सड़क पर खड़ी हो गई और इसके बाद एकदम आफिस-दफ्तरों में। यह हालात देखकर विपिन बाबू और नहीं रुके, लड़के को साहब से कहकर कम्पनी में लगवा दिया।

फिर नीरद बाबू के दोनों हाथ पकड़कर बोले, "आप जरा देखिएगा नीरद बाबू, लड़का अच्छा है, मैंने उसे खराब नहीं होने दिया है।"

विपिन बाबू निश्चिन्त थे जब बाद में शचीन बाबू ने दो काठ जमीन का प्रस्ताव रखा तो और भी निश्चिन्त हो गए। डेढ़ हजार रुपये काठे की जमीन, दो काठे। तीन हजार रुपये! इतने रुपये विपिन बाबू ने कभी अपनी आंखों से देखे नहीं थे। नजरों के सामने जैसे एक चित्र उभर आया था। पिण्टू का मकान बना है···उसकी शादी हो गई है···पिण्टू के बाल-बच्चे···।

प्रशान्त ने फिर से अंजली को बुलाकर कहा, "नहीं···नहीं, मैं अब चलूंगा। शायद किसी क्लब से कोई आदमी आया होगा, आपसे काम होगा।"

अंजली ने कहा, "नहीं, आप बैठिए, आपसे काम है। मैं देख आती हूं, कौन है।"

और वह दरवाजा खोलने चली गई। प्रशान्त जरा आराम से बैठा। पता नहीं, कहां-कहां से लोग आते हैं!

"इन्हें पहचानते हैं?"

मुड़कर देखते ही प्रशान्त उछल पड़ा, "अरे जयन्त!"

जयन्त को भी आश्चर्य हो रहा था, "तू? इतने दिन कहां था? यहां कैसे?"

जयन्त के कपड़ों की तुलना में अपने कपड़ों का दारिद्र्य उसे खटकने लगा। प्रशान्त उठकर खड़ा हो गया था, लेकिन जयन्त ने फिर बैठा दिया।

"हां, तो क्या हाल है आजकल? एकदम मैन एबाउट टाउन हो गया है, टिफिन बॉक्स लिए। मामला क्या है?"

फिर अंजली की ओर देखकर कहा, "तुम्हारे यहां प्रशान्त क्या करने आया है? किस क्लब से?"

"क्यों? क्लब के बिना क्या आ नहीं सकता?"

"तब तुम्हारी रूप माधुरी के आकर्षण से?"

"उस तरह तो तुम भी आए हो।"

जयन्त हंसने लगा। बोला, "सिर्फ रूप पर नहीं, तुम्हारी टैलेण्ट पर भी मुग्ध हो गया था।"

अचानक प्रशान्त ने पूछा, "अच्छा जयन्त, याद है, एक दिन तुम्हारे साथ टालीगंज फिल्म स्टूडियो गया था ? 'सोने का हिरण' की शूटिंग चल रही थी ?"

"हां, खूब अच्छी तरह से याद है।"

"वहां मीनाक्षी नाम की एक लड़की थी, जिसने हीरोइन का पार्ट किया था। उसके पिता रतन बाबू से एक दिन मुलाकात हुई थी, नया मकान बनवा रहे थे। हां, तो वह मीनाक्षी आजकल कहां है ?"

"यही तो है मीनाक्षी ! रतन बाबू की लड़की ! इतनी देर तक शूटिंग देखता रहा, फिर भी पहचान नहीं पाया ?"

प्रशान्त कुछ कहता, इससे पहले ही अंजली ने कहा, "नहीं प्रशान्त बाबू, मेरा नाम मीनाक्षी नहीं है। मेरा नाम अंजली बनर्जी है। मीनाक्षी मर चुकी है।"

जयन्त ने कहा, "अच्छा-अच्छा, अब बस भी करो।"

प्रशान्त ने जैसे भूत देखा हो, कहा, "डायरेक्टर सुव्रत राय तो आपकी इतनी प्रशंसा करता था, फिर भी आपका नाम क्यों नहीं हुआ ?"

जयन्त ने सिगरेट सुलगाई, फिर कहा, "तुझे कुछ भी मालूम नहीं है। अरे, वह फिल्म तो बनी ही नहीं।"

"बनी ही नहीं, मतलब ?"

"मतलब वह फिल्म मार्केट में नहीं आई, आधी बनकर रुक गई। फाइनेन्सर ने रुपया देना बन्द कर दिया। फिल्म भी रुक गई, मकान बनना भी रुक गया। पन्द्रह हजार रुपये भी नहीं मिले। एक धोखेबाज के चक्कर में पड़ गया था।"

अचानक अंजली जैसे चिढ़ गई। बोली, "तुम रुको तो !"

"क्यों, रुकूंगा क्यों ?"

"बाहरी आदमी के सामने झूठ मत बोलो, तुममें आत्मसम्मान जैसा क्या कुछ भी नहीं है?"

"प्रशान्त क्या बाहरी आदमी है? उसे सब मालूम है।"

प्रशान्त ने कहा, "न बाबा, मुझे बीच में न सानो, मैं चला।"

अंजली बनर्जी ने फिर रोका, "क्यों? आप जाएंगे क्यों? बैठिए।"

जयन्त ने भी कहा, "हां, तू बैठ न, जल्दी किस बात की है?"

प्रशान्त ने कहा, "लेकिन वह फिल्म आखिर पूरी क्यों नहीं हुई? मैंने कितने ही लोगों से पूछा, लेकिन न तो किसीको 'सोने का हिरण' का पता था न मीनाक्षी का ही।"

अंजली ने कहा, "लोगों में बात कर आपको कैसा लगता था?"

'उन लोगों की बात पर मुझे यकीन नहीं होता था। मैं सोचता था आपका बंगला बन गया होगा, गाड़ी होगी, लाखों रुपये होंगे।"

' लेकिन अंजली से तेरी मुलाकात कहां हुई?"

"अरे, कल हाथी बगान क्लब में रिहर्सल देखने गया था, अचानक लगा, जैसे मीनाक्षी है लेकिन नाम पूछने पर पता लगा अंजली बनर्जी, कल रात से ही सोच रहा हूं, बात क्या है!"

जयन्त ने एक कश लेकर कहा, "असल में प्रोड्यूसर ने ऐन मौके पर धोखा दे दिया, नहीं तो···"

अंजली बनर्जी ने बीच में ही कहा, "फिर भी झूठ, सच बात क्यों नहीं कहते कि मैं तुम्हारे हाथ से कहीं निकल न जाऊं, कहीं सुव्रत राय से शादी न कर लूं, इसीलिए तुमने मुझे फिर स्टूडियो जाने ही नहीं दिया।"

"यह बात भी ठीक है, अगर तुम शादी कर लेतीं तो तुम्हारे माता-पिता का क्या हाल होता?"

"पिताजी को बदनाम मत करो, आज अपनी ही बात करो। हां, तो वही रास्ता बन्द करने के लिए तुमने रुपये देना बन्द कर दिया। तब गलती किसकी है, तुम्हारी या मेरी ?"

अचानक एक बूढ़ी-सी औरत कमरे में आई, "हां बेटी, आज खाना नहीं खाना ? कितनी देर हो गई।"

अंजली ने मुड़कर कहा, "मामी, आप खा लीजिए, मुझे अभी भूख नहीं है।"

फिर जयन्त की ओर देखकर बोली, "क्यों, जवाब दो ?"

जयन्त ने कहा, "तुम्हारे लिए मैंने जो कुछ किया है, वह क्या कुछ भी नहीं है ? मैंने सिर्फ तुम्हारा नुकसान ही किया है ? पूरे छः साल तो किराया ही नहीं लिया।"

"लेकिन मैं जो बात कहना नहीं चाहती थी, वही कहने को तुम मजबूर कर रहे हो। छः साल के किराये के बदले में क्या तुमने कुछ भी नहीं लिया ? कुछ भी वसूल नहीं किया ?"

जयन्त को शायद इस जवाब की आशा नहीं थी। वह जैसे एकदम सिटपिटाकर बोला, "इसके माने ?"

"माने जानकर क्यों शर्मिंदा करते हो ?"

"इसका मतलब मैंने खराब उद्देश्य लेकर ही तुमसे मिलना-जुलना शुरू किया था ?"

"देखो, अभी मैंने खाना तक नहीं खाया है, गुस्से में क्या कह बैठूंगी, तुम्हें खराब लगेगा।"

जयन्त ने भी देखा, अब ज्यादा उलझना ठीक नहीं है। बोला "ठीक है, चल प्रशान्त, चलें, लेकिन एक जरूरी बात कहनी थी।"

"कौन-सी ? रुपये ?"

"तुमने ठीक समझा, कम से कम तीस रुपयों की सख्त जरूरत है।"

"रुपये नहीं हैं।"

"क्यों ? उसी दिन तो बेलेघाटा क्लब से पचहत्तर रुपये मिले

थे, कहां गए ?"

"तुम्हें इसका हिसाब देना होगा ?"

"जरूर देना होगा। आज तुम्हारा नाम हो गया है, लेकिन इस लाइन में लाया कौन ?"

"उसीका नजराना तो इतने दिन से दे रही हूं, अभी भी तुम्हारा पेट नहीं भरा ? बगल के कमरे में मां सो रही हैं, आज डेढ़ साल से बीमार हैं, उनकी दवा-दारू, घर का खर्च…"

"उस सबसे मुझे कोई मतलब नहीं है, तुम रुपये दोगी या नहीं ?"

अंजली ने आवाज तेज करके कहा, "नहीं, तुम्हें क्या करना है ?"

"नहीं दोगी ?"

"नहीं, नहीं, कह तो दिया।"

"नहीं दोगी, ठीक तो ?"

"नहीं, हरगिज नहीं, तुमने समझा क्या है ? मैं खून-पसीना एक करके रुपया कमाऊं और तुम शराब पी-पीकर उड़ाओगे ?"

"अंजली !"

जयन्त पूरी ताकत से चीख उठा। पास खड़ा प्रशान्त थर-थर कांप रहा था। हाथापाई होगी क्या ?

"चल, प्रशान्त, चल। इससे रुपये कैसे लिए जा सकते हैं, मैं दिखला दूंगा, चल।"

अंजली ने प्रशान्त का हाथ पकड़ लिया, "उसे क्यों घसीट रहे हो ? तुम्हें जहां जाना है, जाओ, ये यहीं बैठेंगे।"

"नहीं, प्रशान्त यहां नहीं रुकेगा।" कहकर जयन्त ने प्रशान्त का दूसरा हाथ पकड़कर खींचा। प्रशान्त के हाथ से टिफिन-बॉक्स गिर गया था, उसने झट से वह उठा लिया। इसी बीच अंजली का हाथ भी छूट गया था। जयन्त उसे खींचता हुआ विडन स्ट्रीट की भीड़ में ले आया।

प्रशान्त का दिल धक-धक कर रहा था। जरा-सी देर में जैसे

बहुत कुछ देख डाला था। सिर्फ कलकत्ता शहर ही नहीं, जैसे बीसवीं शती की नाड़ी पर उसका हाथ पड़ गया था।

जयन्त ने ही बात शुरू की, "देखा ! इसके लिए क्या नहीं किया ! छः साल किराया नहीं लिया। फिल्म लाइन में लगाया, कुछ नहीं कर पाई। थियेटर की लाइन में किसने काम दिलाया। इसी जयन्त ने न ?"

फिर जैसे झुंझलाहट मिटाने के लिए कहता रहा, "खैर, जाने दो। मुझे अभी देखना नहीं है। इसका मिजाज ठण्डा न कर दिया तो…"

तभी अचानक प्रशान्त की ओर देखकर बोला, "तू कहां जाएगा अब ?"

"आज ऑफिस नहीं जा पाया, सोच रहा हूं, अब जाऊंगा।"

"कौन-सा ऑफिस है ?"

"टर्नबुल एण्ड जानसन कम्पनी के कैश डिपार्टमेंट में।"

"कितना मिलता है ?"

"सब मिलाकर एक सौ सत्तावन रुपये।"

"शादी कर ली है ?"

प्रशान्त हंसने लगा, "नहीं भाई, अभी तक तो नहीं की; लेकिन पिताजी इधर बातचीत चला रहे हैं। तेरी शादी हो गई है ?"

"मेरी ?"

जयन्त ने फिर सिगरेट सुलगा ली। इतने-से वक्त में जयन्त ने दो पैकेट सिगरेट पी डाली थी।

फिर कहने लगा, "मैं भाई नौकरी-वौकरी के झमेले में नहीं पड़ता। एक फिल्म डायरेक्ट करने की सोच रहा हूं। सब ठीक है, हीरो-हीरोइन, म्यूजिक, कहानी सब कुछ रेडी है, सिर्फ रुपये की वजह से काम रुका है।"

"हीरोइन कौन होगी ?"

जयन्त ने कहा, "यही अंजली, नाम होगा मीनाक्षी सेन।"

"कहानी किसने लिखी है?"

"मैंने खुद ही लिखी है। बेकार में स्टोरी राइटर को पैसा देने से क्या फायदा? एक अंग्रेजी कहानी को जरा अदल-बदल करके लिख डाली है। हां, तू कुछ रुपयों का इन्तजाम कर सकता है? ज्यादा नहीं, यही कोई पच्चीस हजार।"

"पच्चीस हजार!" इतनी रकम तो उसने देखी भी नहीं है।"

"शुरू की दो-तीन रीलों का खर्च होते ही काम चल जाएगा, फिर तो डिस्ट्रीब्यूटर्स जितना चाहो सो दे देंगे। चार महीने के अन्दर ही अन्दर तेरा रुपया मय सूद के वापस कर दूंगा।"

"तू भी क्या बात करता है!" प्रशान्त हंसने लगा, फिर बोला, "इतना रुपया तो मैंने सपने में भी नहीं देखा।"

"तेरे यहां को-आपरेटिव नहीं है? लोन नहीं ले सकता? और तू तो कैश ऑफिस में काम करता है। महीने-दो महीने के लिए कोई इन्तजाम नहीं कर सकता? अंजली की जिन्दगी फिर बदल जाती, मुझे क्या है?"

जरा देर रुककर जयन्त फिर कहने लगा, "बेचारी के लिए तरस आता है, इस तरह की एनाटॉमी ढूंढ़ने पर भी मिलेगी? और आंखें? तू ही कह?"

प्रशान्त ने कहा, "सो तो है ही।"

"अरे देख, इसी की वजह से मुझे अपना घर तक छोड़ देना पड़ा है। खैर, उससे क्या आता-जाता है, एक बार फिल्म बन जाए, फिर मुझे किसी बात की परवाह नहीं है। तुझे किस ओर ाना है?" कहते हुए जयन्त ने सामने से टैक्सी को रोका।

"मुझे तो ऑफिस जाना है।"

"अच्छा, मुझे इधर जाना है।" कहकर जयन्त ने मुंह से धुआं छोड़ा और सिगरेट फेंककर टैक्सी में जा बैठा।

ज़िन्दगी के भी कितने ही पहलू हैं। हर ओर किसी की नजर नहीं जाती। सिर्फ ऑफिस और घर को लेकर सन्तोष करने वालों को कोई तकलीफ नहीं होती, लेकिन जहां रुपया है, विद्या है, ख्याति है और नारी है, वहीं मुश्किलें आती हैं। एक दिन जयन्त ने भी और सभी की तरह पढ़ाई-लिखाई की, दूसरों की तरह वह भी आदमी बन रहा था। लेकिन रतन बाबू और उनकी गृहस्थी के कलकत्ते आते ही गड़बड़ हो गई। किराया लेकर रसीद थमाकर चले आना ही सीधा-सा नियम है। लेकिन रतन बाबू ने उस दिन मुसीबत में डाल दिया। बोले, "तुम अन्दर आकर बैठो न बेटा, तुमसे किस बात की शर्म?" सिर्फ अन्दर आना ही नहीं, आकर बैठना, चाय पीना सभी कुछ! कुल मिलाकर तीन प्राणी। मियां-बीवी और एक लड़की।

शुरू-शुरू में किराया देते थे; लेकिन बीवी के गहने बेचकर। एक दिन जब जयन्त को पता चला तो बोला, "छी:, चाचाजी! ये रुपये मैं नहीं ले पाऊंगा, जब हो, दे दीजिएगा।"

रतन बाबू ने कहा भी था, "लेकिन बेटा, घर तो तुम्हारा नहीं है, तुम्हारे पिताजी का है।"

"आप उनकी फिक्र न करें, मैं अपनी जेब से किराया दे दूंगा।"

ठीक उसी समय अंजली कहीं जाने के लिए निकली। रतन बाबू ने पुकारा, "बेटी, जरा इधर आओ··· ये तुम्हारे भाई हैं··· नमस्ते करो।"

दोनों हाथ जोड़कर अंजली ने नमस्ते की।

तभी रतन बाबू बोले, "यह क्या, पैर छुओ।"

अंजली जयन्त की ओर देखकर जरा मुस्कराई थी। इस बीच जयन्त अंजली की फिगर का सिर से पांव तक मुआइना कर चुका था और तभी नतीजे पर पहुंच गया कि सिनेमा में काम करने पर यह लड़की 'शाइन' कर सकती है।

लेकिन मुंह से बोला, "अरे नहीं, पैर छुआने की उम्र अभी नहीं हुई है। वह बुढ़ापे के लिए रहने दो !" कहकर उसने भी दोनों हाथ जोड़ दिए।

इसके बाद फिर कभी रतन बाबू किराया नहीं दे पाए, जयन्त ने भी नहीं मांगा, लेकिन रसीद हर महीने मिल जाती। इस तरह चलता रहा।

जयन्त ने ही एक दिन कहा, "आप फिक्र न करें चाचाजी, इसी कलकत्ते में आपका मकान बनकर रहेगा।"

बुजुर्ग आदमी जयन्त की निःस्वार्थ परोपकारिता देखकर रोने-रोने को हो गए।

किसी-किसी दिन अंजली काफी देर से लौटती। थकी-मांदी कपड़े-वपड़े बदले बिना ही बिस्तरे पर आ पड़ती। रतन बाबू मां काली को पुकारते, "अंजली का कुछ कर दो मां, बेचारी से और नहीं होता।"

रतन बाबू लोगों से कहते, "पिताजी का छोड़ा तीन लाख रुपया उड़ा दिया।"

"किस चीज में ?"

"गाने-बजाने में !"

उस्ताद से सीखकर खर्च करना एक बात है और उस्ताद का गाना सुनकर खर्च करना एक बात है। और वह भी खतरनाक है। जवानी में इसी खतरनाक बीमारी में पड़ गए थे। बाद में जब रुपया-पैसा, घर सब खत्म हो गया, बीवी-बच्चों को छोड़कर खुद भी कहीं भाग गए। कहां गए, किसी को नहीं मालूम। कोई कहता मर गए, कोई कहता संन्यासी हो गए। लेकिन वे लौटकर आए। आकर देखा, बीवी भी है, लड़की भी मौजूद है। लेकिन यह लड़की जैसे दूसरी थी, उसी के मोह में पड़कर रतन बाबू फिर कहीं नहीं जा पाए। कहते, "समझे बेटा, अंजली की गर्भधारिणी को बड़ी तकलीफ दी है।"

जयन्त कहता, "अब आपकी सारी तकलीफ दूर हो जाएगी।"

"तुम्हारे मुंह में घी-शक्कर बेटा, तुम्हारी लम्बी उमर हो।"

"आप देख लीजिएगा, हर सर्किल में मेरी जान-पहचान है, आजकल गुण कोई नहीं देखता, हर जगह मैनीप्यूलेशन चलता है।"

"लेकिन बेटा, उसने तो अभी मैट्रिक भी पास नहीं किया है।"

"अब वह जमाना नहीं है चाचाजी, आजकल बिना पढ़े-लिखे भी लखपति और करोड़पति हुआ जा सकता है!"

"लखपति बनने की मेरी इच्छा नहीं है बेटा, मैं खुद लखपति था एक दिन। किसी तरह गुजर हो जाए, यही चाहता हूं।"

और तभी से जयन्त उस घर का मुखिया हो गया।

अंजली को आजकल अकेले नहीं निकलना होता था। वह जयन्त के साथ जाती थी।

रतन बाबू पूछते, "कोई रास्ता निकला बेटा?"

"बस, ज्यादा देर नहीं होगी।"

जयन्त उन दिनों कॉलेज पढ़ने जाता था। कम से कम घर से यही कहकर निकलता था। उन्हीं दिनों वह एक आदमी को लेकर आया। सूरत-शक्ल से काफी बड़ा आदमी लगता था। हाथ में दो-तीन हीरे और जवाहरात की अंगूठियां थीं। गिले किया कुर्ता, चमचमाते जूते। गले में सोने की चेन चमचमा रही थी। गाड़ी भी काफी कीमती लग रही थी।

जयन्त ने हड़बड़ाते हुए आकर कहा, "चाचाजी, भूधर बाबू को लाया हूं।"

"भूधर बाबू?"

"आपसे कहा था न, लोहे का बड़ा भारी कारखाना है। 'सोने का हिरण' नाम की फिलम बनाना चाहते हैं, डायरेक्टर होगा सुव्रत राय। आप जरा अंजली को देखेंगे।"

रतन बाबू जैसे कृतार्थ हो गए। जल्दी से जाकर अंजली को सोते से उठाया। जल्दी से सिल्क की साड़ी पहनकर और चेहरे पर क्रीम-पाउडर मलकर अंजली भी आ गई। भूधर बाबू ने अंजली को घुमा-फिराकर देखा। बोले, "जरा हंसो तो!"

अंजली हंसने लगी।

"जरा पीछे घूमो।"

फिर जयन्त की ओर देखकर बोले, "दौड़ने में कैसी लगती है, एक बार जरा दौड़कर दिखलाएं तो अच्छा रहेगा।"

जयन्त ने कहा, "जरूर! किसी दिन सुबह वे जाकर दिखला देंगी।" कहकर जयन्त ने रतन बाबू की ओर देखा।

रतन बाबू बोले, "हां, हां, क्यों नहीं!"

भूधर बाबू जैसे कैफियत दे रहे थे, बोले, "जरा 'स्मार्ट' रोल है न, मतलब जरा चुलबुलापन होना जरूरी है।"

फिर रूमाल से पसीना पोंछते हुए कहा, "इसके अलावा फिल्म के डायरेक्टर सुव्रत राय भी रहेंगे, मेरा कैमरामैन भी रहेगा, टेक्नीशियन भी होगा।"

इसी तरह दो-चार बातें कर भूधर बाबू चले गए।

रतन बाबू ने पूछा, "जयन्त, कैसा लगा?"

"पसन्द कर गए हैं। डायरेक्टर और कैमरामैन तो नाम के लिए देखेंगे।"

ये सब काफी पुरानी बातें हैं। उस समय प्रशान्त को यह सब मालूम नहीं था। वह जयन्त की बातें ध्यान से सुनता और भौचक-सा उसकी ओर देखता। जमाना बदल गया है, इस बात का उसे पता नहीं था। जयन्त कहता था, "पी० सी० राय, स्वामी विवेकानन्द और विद्यासागर का जमाना लद चुका है। ये सब सिर्फ टेक्स्ट-बुक के म्यूजियम में हैं। आज जमाना है राजकपूर, नर्गिस दिलीपकुमार, वैजयन्तीमाला और नारी काण्ट्रैक्टर का। साइंस, फिलासफी, लिट्रेचर सब बेकार हैं। असली चीज है पैसा, वही पैसा पैदा करना हम लोगों का पहला काम है।"

प्रशान्त कहता, "पैसा कमाया कैसे जाए ?"

"वह रास्ता मैंने निकाल लिया है। एक दिन देखोगे, हर दीवार, हर रेस्तरां में मीनाक्षी सेन की तस्वीरें लगी हैं, बंगले के सामने फाइनेन्सरों और प्रोड्यूसरों की लाइन लगी होगी, तू मुझे पहचान ही नहीं पाएगा, मेरी खुद की दो-तीन गाड़ियां होंगी।"

टर्नबुल एण्ड जानसन' कम्पनी के कैश डिपार्टमेण्ट में काम करते-करते प्रशान्त ने कितनी ही बार सोचा है, कहां गया वह जयन्त, कहां गई वह मीनाक्षी सेन ! आज इतने अरसे बाद दोनों से इस तरह मुलाकात होगी, उसने कभी सपने में भी नहीं सोचा था। उस दिन बस से उतरकर जब ऑफिस में घुसा, तो ढाई बज रहा था।

हाथीबगान क्लब में उस दिन भी रिहर्सल हो रहा था। रमेश बाबू ने पूछा, "क्या बात है अंजली ? आज बड़ी सज-धजकर आई हो, मामला क्या है ?"

"अरे नहीं, सूती साड़ी भिगो दी है, इसलिए सिल्क की पहनकर चली आई।"

"मेरी बगल में एक लड़का बैठा था,। देखा था ?"

अंजली याद नहीं कर पा रही थी। पूछा, "किसे ? किसकी बात कर रहे हैं ?"

"वही सीधा-सादा-सा शर्मीला लड़का बैठा था न ? तुम्हारे बारे में पूछ रहा था।"

"मेरे बारे में ? क्यों ?"

"शायद तुम्हारी एक्टिंग अच्छी लगी। सच, हंसो मत, आज भी ऑफिस में तुम्हारे बारे में बात कर रहा था।"

"एक आपको छोड़कर सभी मेरी बड़ाई करते हैं।"

"तुम्हारी बड़ाई नहीं करता तो क्या सूरत देखकर पचहत्तर रुपये गिनाता हूं।"

उसी समय रिहर्सल के लिए बुलाहट हुई। जल्दी से साड़ी संभालती हुई अंजली दूसरी ओर चली गई।

बीसवीं सदी के करीब आधी गुजरने के बाद से ही इतिहास ने जैसे करवट ली। कलकत्ते की जमीन की कीमत बढ़ने लगी, शहर में गन्दगी बढ़ने लगी। जीना-मरना जैसे और भी साधारण बात हो गई। रास्ते में ट्राम या बस के नीचे किसीको कुचल जाते देखकर कोई चौंक नहीं उठता।

ऑफिस जाने के पहले प्रशान्त हमेशा की तरह विपिन बाबू के पास जाकर बोला, "अच्छा पिताजी, चलूं।"

विपिन बाबू जरा चल-फिर लेते थे, कभी सड़क तक टहलने निकल जाते। ऑफिस नहीं जा पाते। शचीन बाबू को देखकर नमस्कार करते।

"तो विपिन बाबू, आगामी अगहन महीने की पंचमी के लिए पण्डितजी कह रहे हैं।"

"आप लोग जैसा ठीक समझे, मुझे क्या आपत्ति हो सकती है!"

शचीन बाबू के घर जाकर लड़की देख आए थे। शादी और मौत का कुछ भी ठीक नहीं है। कहां चक्रधरपुर और कहां बादामतल्ला, सब होनी है।

"जमीन भांजी के नाम से ही खरीद दी है। डेढ़ हजार रुपये काठा, दो दिन बाद सात हजार कीमत हो जाएगी!"

विपिन बाबू फिर से सोचने लगे। चक्रधरपुर में मकान बनवाते समय खुद भी मिस्त्रियों का हाथ बंटाते। आज पिण्टू के रूप में जैसे वे फिर उठ खड़े हुए थे। फिर जैसे उन्हें नई नौकरी मिली है, उनकी शादी होगी, गृहस्थी जमेगी।

खाते वक्त कहते, "थोड़ा और भात दो, आजकल भूख बढ़ गई है।"

कभी कहते, "आजकल तुम खाना बड़ा अच्छा बनाती हो।"

बांसधानी में नया मकान बनेगा···तीन कमरे होंगे···एक में खुद, दूसरे में पिण्टू और तीसरा बाहर का कमरा—सामने मौलसिरी का एक पेड़ लगा देंगे और मोढ़े पर बैठे-बैठे दूर शून्य में ताका करेंगे—'बेटी, थोड़े से चिवड़े, जल लाओ न।'

शचीन बाबू कहते, "अगर पिण्टू लड़की को देखना चाहे तो उसका भी इन्तजाम हो सकता है।"

"नहीं, शचीन बाबू, मेरा लड़का वैसा नहीं है।"

"तब अगहन की ही पक्की समझूं न ?"

विपिन बाबू ने कहा, "हां, शचीन बाबू, वही ठीक होगा।"

उस दिन चपरासी ने आकर जब कहा कि आपको साहब बुलाता है तो प्रशान्त हैरान रह गया।

"कौन, फर्गुसन साहब ?"

"नहीं, कोई बाहर का साहब है।"

और भी अजीब बात। यहां इतने साल हो गए नौकरी करते, कोई भी तो नहीं आया। रमेश बाबू ने कहा, "जाइए न, देख आइए, कौन है ?"

डरता-डरता प्रशान्त विजिटर्स रूम में गया। पहले तो पहचान ही नहीं पाया। एकदम साहब। एक हाथ में सिगरेट का टिन और दूसरे से मैगजीन उलट रहा था।

"जयन्त ? मैं तो सोच ही नहीं पाया।"

"तेरा तो फिर पता ही नहीं चला। इधर मिस्टर रमानी से मिलने आया था, अचानक तेरा ध्यान आया।"

"मिस्टर रमानी कौन ?"

"रमानी को नहीं जानता ? मेरा बंगला सर्किट का डिस्ट्रीब्यूटर, लाखों का मालिक है।"

"किस चीज का डिस्ट्रीब्यूटर ?"

"मेरी फिल्म का। तीन लाख रुपया लगाने वाला है। कहता है, मिस्टर राय, आप प्रोडक्शन कब शुरू कर रहे हैं। ! मेरा रुपया रेडी है।"

"रुपया मिल गया ? फिल्म बना रहे हो ?"

"अरे डिस्ट्रीब्यूटर तो यही कहेगा, लेकिन मैं रुपया लूंगा क्यों ? एक बार रुपया लेते ही उसके हाथ में फंस जाऊंगा। तीन-चार रील अपने खर्च से बनाए बिना नहीं लूंगा।" अचानक हाथ में बंधी घड़ी को देखकर कहने लगा, "अच्छा चलूं, एक जरूरी एपॉयण्टमेण्ट है। फिल्म के लिए सप्लाई किया है, बिना परमिट के फिल्म ही नहीं मिलती, चलूं।"

फिर जाते-जाते जैसे कोई बात याद आ गई, "अरे हां, तो काफी दिनों से उस ओर नहीं गया, अंजली तेरे बारे में पूछ रही थी।"

"अंजली ! क्यों ?"

"तूने दस रुपया उधार दिया था, वापस लेने नहीं गया न, इसीलिए; चलूं।"

कहकर जयन्त चला गया। कितना व्यस्त रहता है ! जरा-सी देर में कितनी सिगरेटें फूंक डालीं ! तभी प्रशान्त की निगाह बाहर सड़क की ओर गई। बड़ी-सी गाड़ी खड़ी थी। जयन्त के पहुंचते ही ड्राइवर ने दरवाजा खोल दिया।

प्रशान्त भौचक खड़ा सोच रहा था। अंजली ने बुलाया है ! दस रुपये के लिए ! जयन्त कितना बड़ा हो गया है। उसकी गाड़ी कम से कम सत्तर-अस्सी हजार की तो होगी ही।

शचीन बाबू उस समय विपिन बाबू को जमीन के कागजात दिखा रहे थे।

"यह देखिए साउथ और यह है नॉर्थ ! आपका मकान साउथ फेसिंग होगा, चार कमरे मजे में निकल आएंगे।"

तभी किसीने दरवाजा खटखटाया।

शायद पिण्टू आया।

"ओ बहू, तुम्हारा पिण्टू आया है।"

मां ने जल्दी से दरवाजा खोल दिया। हमेशा की तरह विपिन बाबू के कमरे की ओर ही जा रहा था। मां से पूछा, "उस कमरे में कौन है मां?"

"वही अपने शचीन बाबू हैं।"

उस ओर न जाकर प्रशान्त अपने कमरे की ओर चला गया। आज पहली बार उसे अपना कमरा बहुत गन्दा और बदबूदार लग रहा था। बिडन स्ट्रीट की उस गली के अन्दर अंजली सेन का वह कमरा इससे कहीं ज्यादा साफ और हवादार था।

अचानक मां ने आकर कहा, "लाला की दूकान से एक छटांक सरसों का तेल ला देगा?"

"क्यों? एक छटांक क्यों?"

मां ने कहा, "कुछ ही दिन तो रह गए महीने के। अगले महीने फिर एक सेर आ जाएगा।"

प्रशान्त ने फिर कुछ नहीं कहा। यहां की जिन्दगी छटांक और सेर में सीमित है। यहां पर सोचा भी नहीं जा सकता कि एक गाड़ी की कीमत अस्सी हजार हो सकती है। एक मिनट में तीन सिगरेटें फूंकने वाले लोग भी इस कलकत्ते में मौजूद हैं।

लेकिन प्रशान्त ने मां से कुछ भी नहीं कहा। कपड़े बदलकर चुपचाप लाला की दूकान के लिए चल दिया।

बिडन स्ट्रीट के मकान का दरवाजा कोई खटखटा रहा था।

"कौन?"

"मैं हूं।"

कपड़े दूसरे थे, फिर भी मुंह में सिगरेट लगी थी।

मामी ने आकर दरवाजा खोल दिया। जयन्त ने पूछा,

"अंजली निकल गई या अन्दर है ?"

"तैयार हो रही है।"

जयन्त कहता-कहता सीधे अन्दर के कमरे में जा पहुंचा। लम्बे-चौड़े शीशे के सामने खड़ी अंजली मुंह पर क्रीम-पाउडर लगा रही थी।

"तुम इस समय ? मैं तो बाहर जा रही हूं -"

"ठीक है, एक जरूरी काम था।"

"मां की दवा लाए ?"

"ओह, सच, एकदम भूल गया।"

"बेचारी सारी रात सो नहीं पाई ! क्या कहना है, कहो।"

कहकर अंजली शीशे के सामने जाकर आंखों में काजल लगाने लगी।

जयन्त ने कहा, "आज उसके ऑफिस गया था।"

"किसके ?"

"वही, उस दिन आया था न, प्रशान्त।" इस पर अंजली घूमकर खड़ी हो गई।

"क्यों, उसके ऑफिस क्यों गए ?"

"कहने के लिए कि तुमने उसे बुलाया है।"

"मैंने ? कब बुलाया था ? मैंने तो तुमसे एक बार भी नहीं कहा।"

"तुमने कहा नहीं, लेकिन मैं कह आया।"

"आखिर क्यों ?"

"उससे कह आया हूं कि तुमने उसके उधार दिए दस रुपये देने के लिए बुलाया है।"

अंजली चिढ़ गई, "मैं उधार लूं या चुकाऊं, वह मैं समझूंगी, तुम कौन होते हो बीच में बोलने वाले ?"

"तुम क्या सचमुच उसका आना पसन्द नहीं करतीं ?"

"तुम भी अजीब बात करते हो ! उसका यहां आना पसन्द

करती हूं, किसने कहा ?"

"तुम्हारी बात जाने दो, लेकिन मैं चाहता हूं कि वह यहां आए।"

"क्यों ? किसलिए ?"

"यही अपने रुपये वापस लेने।"

"रुपये मैंने लिए हैं, मेरी मर्जी होगी, तब वापस करूंगी। तुम्हें किस बात की परेशानी है ?"

जयन्त की आवाज जरा मुलायम हो गई, "तुम गुस्सा क्यों हो रही हो अंजली ? मैंने गुस्सा होने की तो कोई बात नहीं की है।"

"देखो, गुस्से की बात नहीं है, मुझे गुस्सा करने की फुरसत भी नहीं है। डेढ़ साल हो गए, मां बीमार पड़ी हैं, और भी कितनी ही परेशानियां हैं, फिर भी मुझे रिहर्सल में जाकर खिलखिलाना होगा। गाड़ी आती होती, मुझे गुस्सा करने की फुरसत कहां है ?"

कहकर गाल पर क्रीम मलने लगी।

जयन्त ने पास आकर और भी मुलायम स्वर में कहा, "सच, गुस्सा न करो, आज या कल वह आएगा ही, उसे लौटा न देना।"

"अरे लौटाने क्यों लगी ?"

"जरा खातिरदारी करना, ऐसे ही न लौटा देना, उसे ठीक से बैठाना।"

"इसका मतलब ?"

जयन्त ने कहा, अपने स्वार्थ के लिए कह रहा हूं, तुम्हारा भी भला इसीमें है।"

"क्या ? तुम्हारा मतलब क्या है ? उस बेचारे से भी कुछ झटकना चाहते हो ?"

"हां, एक प्लॉन है।"

"कौन-सा प्लॉन ?"

"आज मिस्टर रमानी की गाड़ी लेकर उसके ऑफिस गया

था। उससे कहा कि अंजली को हीरोइन बनाकर एक फिल्म होगी।"

अंजली सब समझ गई। जयन्त को वह काफी दिनों से जानती है। रिहर्सल के लिए जाना था, इसलिए मूड खराब नहीं करना चाहती थी। फिर भी बोली, इतना सब करके भी क्या तुम्हारा पेट नहीं भरा? एक बेचारे गरीब लड़के का सर्वनाश करना चाहते हो?"

"वाह, सर्वनाश कर रहा हूं, यह कैसे?"

"मुझसे बनने की जरूरत नहीं है, मैं तुम्हें अच्छी तरह से जानती हूं।"

"लेकिन बिजनेस इज बिजनेस! धंधा करने में नुकसान-फायदा तो होता ही है।"

"बिजनेस के लिए बड़े रईसों के लड़के हैं, जो लड़कियों के साथ खेलना चाहते हैं। उस बेचारे को क्यों मारते हो?"

"वही तो कर रहा हूं, लेकिन कोई हत्थे ही नहीं चढ़ता, क्या करूं?"

"इसका मतलब, सब तुम्हें समझ गए हैं।"

"फिर वही बात, मुझे एक चान्स लेने दो न।"

"एक! मैंने तुम्हें हजारों चान्स दिए हैं। तुम्हारे लिए मैंने क्या नहीं किया! कितने मारवाड़ियों के साथ गाड़ी में घूमी हूं, कितनों के साथ होटल में रात काटी है!"

जयन्त ने दूसरा रास्ता अपनाया, "आज तुम यह बात कर रही हो अंजली? तुम्हारे लिए मैंने क्या कुछ नहीं किया!"

"क्या किया है, जरा सुनूं? मुझे रानी बना दिया है? मेरे लिए घर, गाड़ी, पंखा, रेडियो जुटा दिए हैं, नौकरों और ड्राइवरों से घर भर दिया है?"

"वह नहीं कहता, लेकिन मेरे पिताजी के पास भी तो लाखों रुपया है, बंगला, गाड़ी सभी कुछ है, वह सब तुम्हारे लिए नहीं

छोड़ा ?"

"तुमने छोड़ा या उन लोगों ने तुम्हें छोड़ा है ? उन लोगों ने तो तुम्हें कुत्ते-बिल्ली की तरह दुत्कार दिया है। मेरा लड़का होता, तो मैं भी इसी तरह भगा देती।"

"तुम भी यही कहने लगीं ?"

"सारे जीवन आवारागर्दी और झूठ बोलने के सिवाय तुमने क्या किया है ? मेरे पिताजी तुम्हारी वजह से ही मरे हैं, पता है ?"

"तुमसे छः साल किराया न लेने का यह फल निकला ?"

"क्यों, किराया लिया क्यों नहीं ? तुम अगर किराया वसूल करते, तो शायद मेरी यह हालत न होती, मुहल्ले-मुहल्ले प्ले करते नहीं घूमना होता। जाओ, जहां जाना है, मेरी गाड़ी आती होगी।"

जयन्त ने अंजली का हाथ पकड़ लिया। उसने कहा, "तुम्हारी हर बात मानता हूं, यकीन करो, मैं प्रशान्त का एक पैसा भी नुकसान नहीं होने दूंगा। मेरा सब कुछ रेडी है, सिर्फ बीस हजार, ज्यादा से ज्यादा पच्चीस हजार रुपये के लिए काम रुका पड़ा है। मैं तीन-चार महीने में पाई-पाई चुका दूंगा।"

"लेकिन और किसीको क्यों नहीं पकड़ते ?"

"कोई यकीन नहीं करता। बाजार में मेरा नाम खराब हो गया है। गाड़ी चाहिए तो एक दिन के लिए भी मिल जाए, लेकिन नगद रुपया देने को कोई तैयार नहीं होता।"

अचानक गाड़ी का हॉर्न बज उठा।

"अरे, वे लोग आ गए।" कहकर अंजली ने अपने कपड़ों को फिर से संभाला।

"तब क्या कहती हो ? राजी हो न ?"

"किस बात के लिए ?"

"यही, प्रशान्त जिस दिन आए, उससे बीस-पच्चीस हजार रुपये वसूल करने होंगे। जिस तरह से भी हो। नहीं तो बड़ी

मुसीबत में पड़ जाऊंगा। लेनदार लोग बुरी तरह से पीछे पड़े हैं। एक बार फिल्म को फ्लोर पर लाए बिना इज्जत धूल में मिल जाएगी। फिर सिर्फ बीस-पच्चीस हजार की बात है। मां होती तो मुझे किस बात की फिक्र थी !"

"लेकिन रुपया बरबाद हो गया, तो उस बेचारे का क्या होगा ? सिर्फ डेढ़ सौ रुपये उसकी तनख्वाह है, पच्चीस हजार बेचारे ने कभी देखे भी नहीं हैं।"

"वह क्या मुझे पता नहीं है ? कभी उसकी जेब में दो आने से ज्यादा पैसे नहीं देखे। मैं ही उसे चाय पिलाता, बस का किराया देता था।"

"फिर जानबूझकर क्यों उसे मारना चाहते हो ?"

"अरे, उसका तो फायदा ही है। वह पार्टनर होगा, पैसे वापस पाएगा सो अलग। तुम्हारा खयाल है, मैं उसे धोखा दूंगा ? छीः !"

अंजली ने कहा, "अच्छा, पहले वह आए तो सही। ओह, साढ़े पाँच बज गए !" कहकर गाड़ी में आ बैठी। अंजली के बैठते ही गाड़ी स्टार्ट हो गई। जयन्त खड़ा रहा, फिर न जाने क्या सोचकर अन्दर जाने लगा। बूढ़ी मामी दरवाजा बन्द कर रही थी। अंजली के कमरे पर ताला देखकर जयन्त ने पूछा, "कमरा बन्द क्यों कर दिया ?"

"अंजली कर गई है।"

"लेकिन मैं अन्दर जाऊंगा कैसे ?" कहकर जयन्त ने एक सिगरेट सुलगाई और बाहर निकल पड़ा। खाली जाती एक टैक्सी रोककर जयन्त उसमें बैठ गया।

ड्राइवर ने पूछा, "किधर जाना है ?" सच, जयन्त ने यह तो सोचा ही नहीं ! अब कहां जाए ? जेब में एक पैसा नहीं है। अचानक तभी मिस्टर रमानी का ध्यान आया।

जयन्त ने कहा, "बेंटिक स्ट्रीट।"

बेंटिक स्ट्रीट का कोई न कोई ऑफिस तो खुला होता ही है। बहुत से ऑफिस हैं। घटनाचक्र के हिसाब से मिस्टर रमानी का नम्बर था।

जाते ही जयन्त बोला, "मिस्टर रमानी, दस रुपये तो दीजिए, मनीबैग भूल आया हूं।"

यह बात मिस्टर रमानी के लिए नई नहीं है। नये डायरेक्टर इसी तरह आते, चाय-नाश्ता करते और दस-बीस रुपये ले जाते। इससे मिस्टर रमानी का कोई खास नुकसान नहीं होता। एक पिक्चर फ्लाप होते ही बहुत-से प्रोड्यूसर थाली-लोटा बेचकर फिल्म के धन्धे से संन्यास ले लेते हैं, लेकिन इससे डिस्ट्रीब्यूटर का कोई नुकसान नहीं होता। खराब फिल्म को भी धीरे-धीरे चलाकर अपना पैसा निकाल लेते हैं। चल जाने पर तो बात ही क्या है! कागज-कलम पर प्रोड्यूसर, आर्टिस्ट, राइटर वगैरह का खर्चा दिखलाकर पूरा पैसा हजम। आखिर इनवेस्ट भी तो उसी ने किया है। उसका सूद जो कि बाजार से कई गुना ज्यादा होता है और खैर मूल तो है ही, इसके बाद और किसीके लिए कुछ भी नहीं बचता।

टैक्सी छोड़कर जयन्त मिस्टर रमानी के पास आ बैठा। बोला, "आपके सारे आदमी कहां गए मिस्टर रमानी, चाय-वाय नहीं पिलवाएंगे?"

चाय पिलाने में मिस्टर रमानी कभी कंजूसी नहीं करते। बोले, "लेकिन मैं ज्यादा देर बैठ नहीं पाऊंगा जयन्त बाबू!"

जयन्त ने कहा, "वाह, मैं टैक्सी का किराया खर्च करके आया हूं, आप चल देंगे? आपसे काम था, मैं अभी वहीं से आ रहा हूं।"

"कहां से?"

"जहां उस दिन आपसे गाड़ी लेकर गया था। बुरी तरह पीछे पड़े हैं। स्टोरी बहुत पसन्द आ गई। एक लाख देना चाहते हैं, लेकिन मैंने कह दिया, न बाबा, इतना रुपया लेकर मेरा दिमाग

खराब हो जाएगा। मुझे रुपये से बड़ा डर लगता है मिस्टर रमानी ! रुपया लड़कियों की तरह है, उसका यकीन नहीं किया जा सकता ।"

मिस्टर रमानी ने कहा, "मैं अब चलूंगा, जयन्त बाबू !"

"मुझे भी जाना है, कई काम हैं।" जयन्त भी उठ खड़ा हुआ, "लेकिन आपकी गाड़ी एक दिन के लिए और चाहिए ।"

"फिर ? क्यों ?"

"हीरोइन को एक दिन घर लाना है । उसकी गाड़ी नहीं है न !"

"लेकिन बड़ी गाड़ी तो वर्कशाप में है, पांच-सात दिन लगेंगे ।"

"ठीक है, पांच-सात दिन बाद ही सही । जल्दी नहीं है । आपको भी दिखला दूंगा, क्या फिगर है, फेशियल एनाटॉमी है ।"

मिस्टर रमानी ने कहा, "नई है न, बॉक्स ऑफिस तो होगा नहीं ।"

"नई होने से क्या हुआ, सस्ती तो है, तीन हजार में कौन काम करेगा ? आप चाहें तो एक दिन आपके साथ इण्टरव्यूह करा दूंगा । ।"

"नहीं-नहीं, वह बाद में होगा ।"

"बाद में क्यों ? खर्चा तो मेरा है, आपका क्या जाता है ?"

"नहीं-नहीं, तीन चार रील की शूटिंग हो जाने दीजिए ।"

"लेकिन अगर पहले एक बार हीरोइन को एक्सक्लूसिव करके रखेंगे तो अच्छा रहेगा ।"

मिस्टर रमानी इस लाइन में काफी दिन गुजार चुके हैं । कितनी ही हिट और फ्लाप फ़िल्मों के मालिक हैं । बहुत-सी हीरोइनों को बनाया-बिगाड़ा है । जयन्त की बात का कोई जवाब दिए बिना मिस्टर रमानी उठकर चलने लगे । जयन्त भी पीछे-पीछे चलने लगा ।

सीढ़ी से उतरते-उतरते मिस्टर रमानी ने कहा, "आप काम

शुरू कर दीजिए, मैं तो हूं ही !"

"बाद में गड़बड़ न हो जाए मिस्टर रमानी !"

"नहीं-नहीं, अच्छा।" कहकर शायद जयन्त को टालने की गरज से गाड़ी में बैठने लगे।

जयन्त ने झुककर कहा, "आप किधर जाएंगे मिस्टर रमानी ? जरा लिफ्ट देंगे ?"

"आपको कहां जाना है ?"

"आप किधर जा रहे हैं ?"

मिस्टर रमानी ने कहा, "मुझे तो टालीगंज जाना है।"

"बस, आप मुझे हाजरा मोड़ पर छोड़ दीजिएगा। वहां म्यूजिक डायरेक्टर से बात पक्की करनी है।" कहकर गाड़ी में आ बैठा।

गाड़ी चलने लगी। मिस्टर रमानी चुपचाप बैठे थे। जयन्त जैसे छटपटाने लगा।

फिर बोला, "देखूं, आपकी सिगरेट ब्राण्ड देखूं जरा।"

मिस्टर रमानी ने सिगरेट केस आगे बढ़ा दिया, फिर एक सिगरेट सुलगाकर जयन्त बोला, "यह सिगरेट आप कैसे पीते हैं मिस्टर रमानी, स्ट्रांग नहीं लगती ?" फिर जरा ठहरकर कहने लगा, "अच्छा, मैं आपको सिगरेट पिलाऊंगा, क्या फ्लेवर है, चौदह रुपये टिन, सस्ती है न और अपने यहां की सिगरेट पीना और घास खाना एक ही बात है।"

जयन्त बक-बक किए जा रहा था। मिस्टर रमानी उसकी एक भी बात नहीं सुन रहे थे। हाजरा मोड़ आते ही बोले, "यही तो है हाजरा मोड़, उतरेंगे नहीं ?"

"ओह, मैं तो भूल ही गया था, अच्छा, नमस्कार ! गाड़ी के लिए आपके पास आऊंगा।"

शचीन बाबू ने सब इन्तजाम कर लिया था, लेकिन अचानक सब गड़बड़ हो गई। विपिन बाबू के यहां से आकर बहन से बोले,

"खबर अच्छी नहीं है।"

"क्यों, क्या हुआ भैया ?"

शचीन बाबू ने बतलाया, "विपिन बाबू कह रहे हैं कि प्रशान्त झगड़कर घर से चला गया है।"

सुनकर मनोरमा ने सर पर हाथ रख लिया, "अब क्या होगा ?"

उधर विपिन बाबू के यहां भी काफी गड़बड़ हो गई थी। गुस्से में जो मन में आया पिण्टू से कह दिया। विन्दुवासिनी ने जाकर रोका, "तुम क्या कर रहे हो ? तुम बीमार हो।"

विपिन बाबू थरथर कांप रहे थे। बोले, "इसकी यह मजाल, मेरे मुंह पर कह गया ?"

"अच्छा तुम चुप रहो !"

चुप होने की इच्छा न होने पर भी विपिन बाबू को चुप होना पड़ा।

सुबह की बात है। विपिन बाबू ठहरे पुराने ख्यालों के आदमी। बच्चों के शादी-ब्याह की फिक्र बाप ही करते हैं। शचीन बाबू से वायदा कर चुके हैं। और पिण्टू कहता है, "मैं यहां शादी नहीं करूंगा।"

"तुम शादी करोगे या नहीं करोगे, यह मैं समझूंगा। तुम कौन होते हो ?"

"इतने रुपये में मुझसे गृहस्थी नहीं चलने की।"

विपिन बाबू चिल्ला उठे, "तुम्हारा मतलब क्या है ? किसने तुम्हारे दिमाग में यह घुसाया है, कौन है वह ? क्या नाम है ?"

इसी लड़के पर उन्हें नाज था ! यही दिन देखने के लिए जिन्दा बचे थे। विन्दुवासिनी रोकने आई, लेकिन हाथ छुड़ा लिया, "छोड़ दो मुझे ! आज मैं इस बात का फैसला करके ही रहूंगा। किसने इसका दिमाग खराब किया है ?"

विन्दुवासिनी ने कहा, "चुप भी रहो, इस समय ऑफिस जा रहा है। शाम को लौटने पर जो कहना चाहो, कहना।"

"एक सौ सड़सठ रुपये में शादी नहीं कर सकता तो हमने तीस रुपये में कैसे की ?"

जरा रुककर बिन्दुवासिनी से बोले "तुम जरा उन लोगों के यहां खबर करा दो। शचीन बाबू के साथ बात करूंगा।"

"उन लोगों से इस समय क्या बात करोगे ? पिण्टू ऑफिस से आ जाए, फिर जो मन में आए, सो करना।"

ऑफिस पहुंचते ही प्रशान्त ने देखा, सड़क पर उसी दिन वाली गाड़ी खड़ी थी—जयन्त क्या फिर आया है ? उसका सोचना ठीक था। विजिटर्स रूम में खड़ा-खड़ा जयन्त सिगरेट फूंक रहा था।

"अरे, क्या हाल है ? दिखलाई ही नहीं देता। क्या सूरत बना रखी है ?"

प्रशान्त को लगा, जयन्त कितना सुखी है ! उसे देखकर मिनट-भर में जैसे कोहरा साफ हो गया।

"जा नहीं पाया भाई, हर रोज सोचता हूं, लेकिन फुरसत ही नहीं मिलती। शाम को सीधे घर जाना होता है।"

"तब इसी वक्त चल, गाड़ी तो है ही।"

"इसी वक्त ? लेकिन ऑफिस ! इस वक्त कैसे जा सकता हूं ?"

अचानक उसकी नजर जयन्त के कपड़ों पर गई। उसकी सिगरेट उसकी गाड़ी। उसे देखकर प्रशान्त के मन में जलन होने लगी। जयन्त जैसे साक्षात् मुक्ति हो। उसे लगा, जयन्त के सामने वह अपने को बड़ा ही हीन और छोटा महसूस करने लगा है।

"कैसी शक्ल बना रखी है, तबीयत तो ठीक है ?"

प्रशान्त बोला, "तबीयत...तबीयत ठीक है, जरा मन खराब हो गया है।"

"क्यों, मन को क्या हुआ ?"

"बाद में बताऊंगा। आज तक जो नहीं किया, गुस्से में कर

बैठा। पिताजी के साथ खटपट हो गई है।"

"तब ऑफिस का काम कैसे करेगा ?"

"असल में काम करने की मरजी नहीं हो रही थी, लेकिन ऑफिस आकर चले जाना भी अच्छा नहीं लगता। आज कुछ भी करने की इच्छा नहीं हो रही है मन कर रहा है कहीं चला जाऊं।"

"कहां जाएगा, जहां जाना हो, पहुंचा दूं। मेरी गाड़ी खड़ी है।"

प्रशान्त ने कहा, "न भाई, आज नहीं, फिर किसी दिन आना। आज कुछ भी अच्छा नहीं लग रहा, सर जैसे फटा जा रहा है, तू जा, फिर किसी दिन आना।"

कहकर प्रशान्त सीधे अपनी सीट पर आकर बैठ गया। रमेश बाबू ने फिर पूछा, "क्या बात है प्रशान्त बाबू ? आपका मुंह बड़ा सूखा-सूखा-सा लग रहा है !"

"कोई खास बात नहीं है, ऐसे ही।"

इसके बाद सारा दिन कब और कैसे गुजर गया, उसे पता भी न लगा। कब कैश-वाउचर पोस्ट करके रजिस्टर जमा कर दिया, रमेश बाबू उससे क्या-क्या पूछते रहे, प्रशान्त को कुछ भी खयाल नहीं था।

"नींद नहीं आई क्या ? किसी-किसी दिन मुझे भी ऐसा लगता है, कुछ भी अच्छा नहीं लगता। एक-दो दिन में फिर ठीक हो जाता है।"

प्रशान्त ने कहा, "मन कर रहा है कहीं चला जाऊं, घर लौटने को मन नहीं कर रहा।"

रमेश बाबू ने मुस्कराते हुए कहा, "शादी कर डालिए।"

"इसीलिए तो झगड़ा हुआ है, शादी करके खिलाऊंगा क्या ? आपको मेरे घर की हालत नहीं मालूम। जिससे शादी करूंगा, उसे भी तकलीफ दूंगा, खुद तो मुश्किल में हूं ही।"

"आप भी क्या बात करते हैं प्रशान्त बाबू ! जो लोग बड़े

आदमी नहीं हैं, वे लोग क्या शादी नहीं करते ?"

"आपकी बात और है, तीनों भाई नौकरी करते हैं, घर का मकान है, आपके साथ मेरी तुलना ? उस दिन पता है, मां ने एक छटांक सरसों का तेल ले आने को कहा था ? मुझ तो अपने से ही घृणा हो गई है रमेश बाबू ! हम लोग समाज के डस्टबिन हैं, हम लोगों के लिए जीना पाप है ।"

"आप एक्टिंग भी कर लेते हैं ।" रमेश बाबू ने हंसते हुए कहा ।

"वही करता तो शायद बच जाता, लेकिन···मेरा एक दोस्त है, उसकी गाड़ी, उसके कपड़े, उसकी सिगरेट देखकर आप देखते रह जाएंगे । और यहां टैक्सी की तो बात ही छोड़िए, सेकंड क्लास ट्राम के पैसे भी नहीं जुटते ।"

तभी चपरासी एक गड्डी कैश-वाउचर ले आया । प्रशान्त उसी में खो गया ।

उस दिन अंजली का रिहर्सल भी नहीं था, प्ले भी नहीं था । खा-पीकर जरा लेटी ही थी कि दरवाजा खटखटाने की आवाज सुनाई दी । "मामी, देखो तो जरा, कौन आया है ।"

मामी बेचारी एक विधवा बुढ़िया है । नाते-रिश्ते में भी नहीं होती और नौकरानी भी नहीं कहा जा सकता । पिताजी के ही जमाने से पड़ी है । मामी के बिना अंजली को पालने-पोसने वाला और था ही कौन ? मां के मरने के बाद वही तो सब करती आई है । बाजार-राशन और खाना बनाना सब बेचारी मामी को ही करना पड़ता था ।

"यह क्या, तुम ?"

जयन्त ने कहा, "मिस्टर रमानी की गाड़ी लेकर आया हूं, चलो, आज तो तुम्हारा रिहर्सल-विहर्सल नहीं है न । और हां, साथ में कुछ रुपये रख लेना, चलो ।"

"लेकिन कहां ?"

"पहले चलो न, सब बतलाता हूं।"

1960 के कलकत्ते और 1963 के कलकत्ते में जैसे कोई फर्क ही नहीं रहा था। अगर फर्क था भी तो बाहरी। अन्दर से कलकत्ता वही था। रहस्यमय कलकत्ते का रहस्य जैसे और भी गहरा होने लगा, फिर एक बार मांगी गाड़ी और ऊपरी शान के साथ इन्सानियत को अंगूठा दिखलाती, आज भी सभ्यता और शिक्षा-दीक्षा के मुंह पर तमाचा जड़ती जयन्त बाबू की स्वार्थपरता, उसकी लालसा ने एक कदम और बढ़ाया।

गाड़ी आकर मिस्टर रमनी के ऑफिस के सामने रुकी, "तुम यहीं रुको, मैं देख आऊं, मिस्टर रमानी ऑफिस में हैं या नहीं।"

अंजली हैरान रह गई। बोली, "क्यों, फिर से टेस्ट देना होगा क्या ?"

"नहीं, नहीं, एक चान्स ले रहा हूं, तुम्हारी फिगर दिखाकर बच्चू को काबू में किया जा सकता है या नहीं।"

"तो इसीलिए इतना सजने को कह रहे थे ?"

लेकिन तब तक जयन्त ऊपर जा चुका था। अंजली चुपचाप गाड़ी में बैठी रही, जरा देर में ही जयन्त लौट आया। आकर बोला, "साला नहीं है, नसीबदार है, बच गया।" फिर ड्राइवर से बोला, "चलो।"

"गाड़ी क्या कहकर मांगी ?"

"कहा कि एक पार्टी को फंसाना है, पेट्रोल मेरा रहेगा।"

"लेकिन तुम्हारी पार्टी कौन है ?"

"पार्टी माने फाइनेन्सर। मैं पच्चीस हजार लगाऊं, वह यही चाहता है, फिर दो तीन लाख कहीं गए नहीं हैं।" फिर ड्राइवर से बोला, "दायीं ओर चलो।"

"अच्छा अंजली, तुम एक दिन उसके साथ रह नहीं सकती

हो ?"

"कहां ?"

"यही दिल्ली, रांची या हज़ारी बाग जैसी ही किसी जगह···।"

"तुम कह क्या रहे हो ? तुमसे हजार बार तो कह दिया कि यह सब मुझसे नहीं होगा।"

एक ऑफिस के सामने आकर गाड़ी रुकी। लम्बा-चौड़ा बोर्ड लगा था, 'टर्नबुल एण्ड जानसन कम्पनी, इनकॉरपोरेटेड इन इंग्लेण्ड। एक्सपोर्ट्स एण्ड इम्पोर्ट्स।'

"यहां कौन है ?"

"यहां है प्रशान्त का ऑफिस, पांच बजे छुट्टी होगी और प्रशान्त निकलेगा।"

"प्रशान्त से क्या काम है ?"

"उसने फिल्म के लिए रुपया देने को कहा था।"

"कैसा रुपया ?"

"एक मिनट, अभी आया।"

तभी टन्-टन् करके पांच बज गए। लोग जैसे तैयार ही बैठे थे, झुंड के झुंड निकलने लगे। सबको जल्दी थी। कोई चलती ट्राम की ओर दौड़ रहा था, कोई बस की ओर···क्यों ? घर लौटने की ऐसी भी क्या जल्दी ! वैसे अंजली इस ओर नाटक वगैरह के सिलसिले में पहले भी कई बार आ चुकी थी, लेकिन इस वक्त कभी नहीं आई थी।

"यह देखो, किसे पकड़ लाया।"

"आइए आइए, नमस्कार !"

जयन्त ने प्रशान्त का हाथ पकड़कर गाड़ी में अंजली के पास ला बैठाया। प्रशान्त संकोच के मारे जैसे अपने में ही समाया जा रहा था। उसका टिफिन बॉक्स···उसके कपड़े···यह गाड़ी···।

"अरे, आराम से बैठ न।"

अंजली ने भी जरा सरककर कहा, "आप आराम से बैठिए न।"

प्रशान्त सारा दिन बैठा-बैठा सोचता रहा, अब वह किस मुंह से घर जाएगा। गली के नुक्कड़ पर ही शचीन बाबू का घर है, अगर मिल गए तो उन्हें क्या जवाब देगा ?

शायद भगवान ने उसकी सुन ली थी। नहीं तो, यह जयन्त तो सुबह ही आया था, फिर ठीक पांच बजे क्यों आता ? पता नहीं किस-किसने मुझे गाड़ी में चढ़ते देखा होगा। अचानक गाड़ी आकर एक जगह रुक गई। वर्दी पहने दरबान ने आकर गाड़ी का दरवाजा खोला, फिर झुककर लम्बा सैल्यूट मारा। एक ओर अंजली और दूसरी ओर जयन्त के साथ अपनी गन्दी कमीज और हाथ में टिफिन बॉक्स लिए अपनी फटी और सस्ती चप्पलों में गुदगुदे कार्पेट पर चलते हुए उसे शर्म आ रही थी।

"यहां क्यों आए भाई ?"

"यहीं जरा देर बैठेंगे, बातचीत करेंगे।"

जरा देर बाद हवा की एक ठण्डी लहर बरन को छूती हुई निकल गई। आस-पास में और भी बहुत-से लोग बैठे थे। वातावरण जैसे एक मीठी खुशबू से भरा था। कलकत्ता में यह सब भी है, प्रशान्त को पता नहीं था। कभी-कभी ऑफिस में पड़ी मैगजीन में कोई फोटो देख लेता और बस। आज जैसे वह अरेबियन नाट्स का नायक हो गया था।"

"यह क्या है ? शर्बत है क्या ?"

लाल-लाल गद्दीदार कुर्सियां। कांच से ढके टेबल। कहीं गाना भी हो रहा था। जयन्त उसी पीले टीन में से सिगरेट निकालकर पी रहा था। जयन्त ने उसे सब बतलाया था। इण्डिया के सामने ग्रेट फ्यूचर पड़ा है। जो लोग जीनियस हैं, जिनमें प्रतिभा है, वे लोग अगर आफिसों में क्लर्की करके जिन्दगी बर्बाद करेंगे, तो यह इण्डिया के दुर्भाग्य की बात होगी। वे लोग साधारण नहीं हैं···

"आप क्या सोच रहे हैं ?"

अंजली बनर्जी की आवाज सुनकर प्रशान्त ने मुड़कर देखा। बोला, "पहले से पता होता तो धुले कपड़े पहनकर आता।"

"क्यों, आपके कपड़े तो गन्दे नहीं हैं।"

"लेकिन इन्हें सोमवार से पहन रहा हूं।"

प्रशान्त को जैसे यकीन नहीं हुआ, "आप सच कह रही हैं ?"

अंजली के लिपस्टिक-लगे होंठों पर मुस्करासट खेल गई। अचानक हवा का झोंका आया और कैलेण्डर में लगे हवाई द्वीप के चित्र उड़ने लगे। साथ ही साथ प्रशान्त के मन की सोची कामनाएं-वासनाएं उथल-पुथल मचाने लगीं। प्रशान्त को लगा वह बड़ा सुखी है, तृप्त है। जिन्दगी से उसने जो चाहा, मिल गया है।

जयन्त बोला, "मुझे बड़ा अच्छा लग रहा है।"

"लगेगा ही, यही तो जिन्दगी है।"

अंजली बनर्जी ने कहा, "आप ठीक से बैठिए, लोग क्या कहेंगे !"

जयन्त ने कहा देखने भी दो, यहां जिन्दगी है, कोई किसी की ओर नहीं देखा। देखते का वक्त भी नहीं है किसी के पास।"

प्रशान्त की आंखें चमकने लगी थीं, "जयन्त, तू जो कहता था, वही सब सच है।"

"मैंने क्या कहा था ?"

"पिताजी से जो कुछ भी सुना और सीखा, सब झूठ था। ये लोग क्या अच्छे आदमी नहीं हैं? कोई सच नहीं बोलता सब झूठे हैं ?"

जयन्त बोला, "तू खुद ही देख, यही है लाइफ। कालेज में जो कुछ पढ़ा, माता-पिता से जो कुछ सुना, सब झूठ हैं ! असल में बड़े-पड़े लखपतियों और करोड़पतियों ने ही पैसे खर्च कर ये किताबें लिखवाई हैं। हम लोग जिससे गरीब बने रहें, गरीबी को ही अच्छा समझें।"

प्रशान्त ने गिलास उठाकर एक और चुसकी ली।

जयन्त कह रहा था, "वह जो लड़की के पास बैठा काजू टूंग रहा है वह एक स्टील फैक्टरी का मालिक है।

"वह जो मोटा-सा आदमी है, वह प्रोफेसर है, यहां चोरी-छिपे शराब पीने आया है, जिससे लड़के न देख पाएं।

"और उस ओर जो खड़ा-खड़ा बातें कर रहा है, वह कम्युनिस्ट है, मैदान में लेक्चर देता है, गरीबों के लिए आंसू बहाता है और खुद यहां मजे कर रहा है।

"और वह जो खद्दर पहने बैठा है न..."

अंजली से न रहा गया। बोली, "उफ्, तुम भी क्या ले बैठे! अब रोको अपना लेक्चर।"

"क्यों, रुकूं क्यों? किसलिए?"

प्रशान्त ने कहा, "न जयन्त, तू कह, मुझे बड़ा अच्छा लग रहा है।"

"कहूंगा ही तो, हम लोगों को धोखा देकर कुछ लोग बड़े आदमी हो जाएं, यह हरगिज नहीं हो सकता। तुझे यह तो पता होगा ही प्रशान्त, आजकल कितने सारे थियेटर-क्लब खुल गए हैं?"

"हां, हाथीबगान क्लब मैं हो भी आया हूं।"

"लोग बुराई करते हैं, पर मैं कहता हूं, अच्छा हुआ। सब उलट-पुलट करनी होगी। सत्य, धर्म, मनुष्यत्व, ये सारी बातें डिक्शनरी में ही रहेंगी।"

प्रशान्त जोर-जोर से हंसने लगा। जयन्त उसकी पीठ पर हाथ मारकर बोला, "यही तो चाहिए। समझा, लेकिन जरा देर से!"

अचानक तभी अंजली बनर्जी ने प्रशान्त का हाथ पकड़ लिया। उसका गिलास भी छीन लिया। कहने लगी, "आप और नहीं पिएंगे।"

"क्यों ? मुझे तो अच्छी लग रही है।"

'लगे अच्छी।"

फिर जयन्त की ओर देखकर बोली, "तुम भी क्या हो कहो तो ? तुम्हारे अन्दर क्या जरा भी दया-माया नहीं है ?"

"उसे अच्छी लग रही है, तुम क्यों रोकती हो ?"

प्रशान्त ने कहा, "हां, आप भी लीजिए न, आप क्यों नहीं ले रही हैं ?"

अंजली प्रशान्त का हाथ पकड़कर उठाने लगी, "आप उठिए, बहुत हुआ।"

"अंजली !"

अंजली बनर्जी जयन्त की ओर देखने लगी।

उसके कान के पास मुंह लेजाकर जयन्त ने फुसफुसाकर कुछ कहा, "जो कह रहा हूं, करो अंजली, नहीं तो मैं कहीं का नहीं रहूंगा, मैं डूब जाऊंगा।"

रात के अंधेरे में ही यतीश भट्टाचार्य लाठी टेंकते शचीन बाबू के यहां पहुंचे।

"सुना ? विपिन बाबू के लड़के के बारे में कुछ सुना ?"

शचीन बाबू नित्य की तरह आरामकुरसी पर अपने बरामदे में बैठे थे। बोले, "क्या हुआ ?"

"नहीं सुना है, तो न सुनना ही अच्छा है। राम-राम···"

"क्या हुआ ? कहिए न ?

"मेरे छोटे जमाई ने आकर अभी बतलाया, मेरे छोटे जमाई को देखा है ?"

"हां, देखा है, जूते चरमर करता चलता है।"

"नया जूता जरा चरमर तो करेगा ही, चीनी दुकान का है न।"

"हां, तो विपिन बाबू के लड़के को क्या हुआ ? एकजी-

डेण्ट ?"

"एक्सीडेण्ट हो जाता तो अच्छा होता, ऑफिस से लौटते समय मेरे जमाई ने देखा था, दो आदमी पकड़कर विपिन बाबू के लड़के को ले जा रहे हैं। पहले मुझे विश्वास ही नहीं हुआ, लेकिन मेरा जमाई तो झूठ बोल नहीं सकता।''

"लेकिन दो आदमी पकड़कर क्यों ले जा रहे थे ?"

"वही, और क्या ! नशा साहब, नशा। आजकल के लड़कों का क्या भरोसा ?"

सुनकर शचीन बाबू अपने को नहीं रोक पाए। सीधे विपिन बाबू के यहां जाकर पूछा, "पिण्टू ऑफिस से आया या नहीं ?"

विपिन बाबू ने हांफते-हांफते कहा, "अभी तक ऑफिस से नहीं लौटा शचीन बाबू ! क्या करूं, कुछ समझ में नहीं आता !"

"ऑफिस जाते वक्त कह गया था कि उसे लौटने में देर होगी ?

"नहीं, रोज जैसे जाता है, वैसे ही गया, जरा कहा-सुनी हो गई, वह तो आपको मालूम ही है।"

"वही शादी की बावत न ? वह तो सब लड़के ही कहते हैं। ठीक है, आता होगा।"

रात और भी गहरी हो गई। लाला की दुकान भी बन्द हो गई, धीरे-धीरे सड़क पर रिक्शों का चलना भी कम हो गया, लेकिन पिण्टू नहीं आया।

सुबह नींद टूटते ही प्रशान्त ने आंखें खोलकर चारों ओर देखा। अंजली ने कान के पास झुककर पूछा, "चाय पिएंगे ?"

"चाय ?"

प्रशान्त के यहां चाय का झमेला नहीं था। बोला कल रात क्या आपके यहां ही सो गया था ?"

मन ही मन जरा शर्म भी आ रही थी। जल्दी से उठकर बैठ

गया। पूछा, "कितना बजा है ?"

"साढ़े आठ।"

साढ़े आठ बजे रोज ऑफिस जाने की तैयारी शुरू कर देता था उससे पहले रसोई के लिए पानी ला देता। बाजार से तरकारी वगैरह ला लेता। आज मां को ही सब करना पड़ रहा होगा।

"जयन्त कहां है ?"

"वह तो रात को आपको पहुंचाकर चला गया।"

"लेकिन मुझे यहां क्यों छोड़ गया ?"

"आपकी हालत ठीक नहीं थी। इसके अलावा आपने कहा था, आप घर नहीं जाएंगे।"

"मैं घर नहीं जाऊंगा, मैंने यह कहा था ?"

अंजली बोली, "हां आप जबरदस्ती यहां रहे। किसी भी तरह घर नहीं जा रहे थे।"

"लेकिन मेरे माता-पिता क्या सोचते होंगे ! आज तक कभी भी रात को घर से बाहर नहीं रहा। इसके अलावा घर का काम करने वाला भी मेरे सिवाय कोई नहीं है।"

"सारी रात आप अपनी मां और पिता जी के बारे में बड़-बड़ाते रहे।"

'आपने सब सुना ?"

"वाह, आपके पास ही तो सो रही थी, आपको पता नहीं लगा।"

तभी अंजली की वही बूढ़ी मामी एक कप चाय ले आई।

अंजली ने कहा, "चाय की जरूरत नहीं है, प्रशान्त बाबू चाय नहीं पीते।"

मामी वापस जा ही रही थीं प्रशान्त ने कहा, "नहीं, चाय पीऊंगा, लाइए।"

"लेकिन आप तो चाय पीते नहीं हैं ?"

"आज पीऊंगा। आज से वही सब करूंगा, जो कभी नहीं

किया !"

अंजली ने कहा, "आपको अचानक यह सनक कैसे सवार हो गई ?"

प्रशान्त ने कहा, "देखता हूं, जयन्त की ही बात सही है। जिन्दगी में जो लोग लकीर के फकीर बने फिरते हैं, वे ही ठगे जाते हैं। मैं भी आज तक ठगा जाता रहा, लेकिन अब मैं अपने को ठगाना चाहूंगा।"

"मतलब ?"

प्रशान्त बोला, "कल शाम को चौरंगी के उस होटल में मैंने यही पाया है। अब तक तो होटल के बाहरी परिवेश को देखकर उसके भीतर के लोगों से मन ही मन घृणा मात्र करता रहा हूं; पर आज मुझे लगता है कि वे ही जीते हैं और हम सभी अपने को आदर्शवादी समझने वाले केवल मूर्ख हैं···"

"आप क्या ऑफिस नहीं जाएंगे ?"

इतनी देर बाद प्रशान्त को ध्यान आया। कपड़ ग़न्दे थे, फिर भी ऑफिस तो जाना ही है। उसने अंजली से कहा, "अपनी नहाने की जगह दिखला दीजिए, ऑफिस जाना है।"

इसके बाद जल्दी से नहा-धोकर कपड़े पहनकर जा रहा था। अंजली ने कहा, "खाना नहीं खाएंगे सुबह से उठकर बनाया है।"

खाते-खाते अपने टिफिन बॉक्स का ध्यान आया, पता नहीं कहां रह गया। पूछा, "मेरा टिफिन बॉक्स देखा था क्या ?"

"अरे ! शायद होटल में ही रह गया होगा।"

प्रशान्त ने कहा, "छुट्टी हुई।"

जाने से पहले उसने कहा, "जयन्त से एक जरूरी काम था, वह आएगा क्या ?"

"रात को आएगा, तभी कह दीजिएगा।"

हेड दरबान रामदीन सुबह से ही कैश डिपार्टमेण्ट के पास ड्यूटी कर रहा था। प्रशान्त के पहुंचते ही रामदीन ने एक बार उसकी ओर देखा। प्रशान्त ने कहा, "एक काम था तुमसे, रामदीन !"

"मुझसे ?"

"हां, बहुत जजरूरी काम। जरा अकेले में कहना होगा।"

शुरू-शुरू में विपिन बाबू ने भी इसी तरह बात छेड़ी थी। रामदीन को सब याद है। उन्हीं बाबू का लड़का है। पास ही में दरबान-क्वार्टर था। वहीं जाकर खड़ा हो गया। प्रशान्त ने कहा, "कुछ रुपये उधार दे पाओगे, रामदीन ?"

क्यों नहीं हुजूर, कितने चाहिए ?

"यही कोई पच्चीस हजार।"

रामदीन ने प्रशान्त के चेहरे की ओर देखा, "इतने सारे ?"

'हां, आज ही चाहिए, जो सूद लेना हो ले लेना, तीन-चार महीने में ही लौटा दूंगा, मेरी पूरी तनख्वाह तुम ले सकते हो।"

"पूरी तनख्वाह ले लूंगा, तो आप खाएंगे क्या, बाबूजी ?"

"उसके लिए तुम्हें परेशान होने की जरूरत नहीं है। तुम्हारा रुपया चुकाने के बाद ही मैं नौकरी भी छोड़ दूंगा।"

"नौकरी भी नहीं करेंगे ?"

"नहीं, लेकिन तुम्हें डरने की कोई जरूरत नहीं, तुम्हारा रुपया मारा नहीं जाएगा। मैं स्टाम्प पर दस्तखत किए देता हूं।"

रामदीन फिर भी सोच रहा था। प्रशान्त ने पूछा, 'क्या सोच रहे हो ? कह तो दिया, डर की कोई बात नहीं है।"

"यह बात नहीं है, मैं हिसाब लगा रहा हूं।"

"तुम्हारे पास रुपये नहीं हैं ?"

"दूसरे ऑफिस के दरबानों से लाने होंगे। सूद जरा ज्यादा लगेगा। ठीक है, आप जाकर काम करिए। छुट्टी के बाद आपको बुला लूंगा।"

रामदीन ने वायदा पूरा किया। ठीक पांच बजे प्रशान्त को बुलाकर ले गया। दीया जलाकर उसने एक गन्दी-सी पोटली निकाली, "आप नोट गिन लीजिए हुजूर !"

"गिनने की जरूरत नहीं है, तुमने गिने हो हैं।"

"यह नहीं होगा हुजूर, रुपये-पैसे का मामला है, लड़के से लेते वक्त भी रुपये गिनकर लेने चाहिए। रुपया बड़ी बदमाश चीज है।"

उस दिन अंजली जल्दी लौट आई थी। घर में घुसते ही अंजली ने पूछा, "कोई आया था ?"

बूढ़ी मामी ने मुंह घुमाकर कहा, "कमरे में जाकर देखो न।"

"कौन है ?"

"और कौन होगा ?"

"लेकिन तुमने ताला क्यों खोला ? मैंने तो कह दिया है न कि मेरे पीछे से उसे घर में घुसने न देना ?"

"गाली-गलौच करने पर और मैं क्या करती ? घर की क्या हालत बना दी है, जाकर देखो जरा।"

अंजली जल्दी से कमरे में गई। सारा कमरा बदबू से भरा था। बिस्तर कैसे सना था। अंजली की इच्छा हुई, सब कुछ जलाकर राख कर दे।

तभी किसीने दरवाजा खटखटाया।

अंजली चीख पड़ी, "मामी, कह दो कि मैं नहीं हूं, मुलाकात नहीं होगी।"

फिर भी मामी ने दरवाजा खोल दिया। अंजली को भी जैसे याद आया। वह जल्दी से दरवाजे के पास पहुंची।

"आप इस समय ? घर नहीं गए ?"

वही गन्दे कपड़े। हाथ में पोटली थी।

"मुझे आने में जरा देर हो गई। जयन्त आया है ?"

अंजली ने कहा, "हां, आ गया है, आइए खड़े क्यों हैं ? अन्दर आइए।"

अंजली का मुंह जरा भारी-भारी लग रहा था। प्रशान्त ने पूछा, "आपकी तबियत तो ठीक है ?"

"तबीयत को क्या हुआ ?" कहकर अंजली ने जरा मुस्कराने की कोशिश की, फिर बोली, "आप अभी तक घर क्यों नहीं गए ?"

"मैंने कहा था न जयन्त से मिलने आऊंगा।"

अंजली ने पूछा, "यह हाथ में क्या है ?"

"रुपये।"

"रुपये ? किसके लिए ? पोटली-भर ?"

"जयन्त ने मुझसे पच्चीस हजार रुपये मांगे थे। कह रहा था, तीन-चार रील···।"

"लेकिन आपको रुपये मिले कहां से ?"

"उधार लाया हूं।"

"किससे ?"

"अपने ऑफिस के दरबान से। वह रुपये उधार देने का धन्धा करता है।"

"सूद कितना है ?"

"रुपये ज्यादा हैं न, इसलिए सूद जरा ज्यादा है, बीस पर्सेण्ट, लेकिन इसमें मेरा क्या है, डिस्ट्रीब्यूटर से पैसा मिलते ही जयन्त सब चुका देगा।"

"चार महीने क्या आपकी तनख्वाह में से काटेगा ?"

"हां, चार महीने मुझे कुछ नहीं मिलेगा।"

"तब आप घर क्या देंगे ?"

"मैं अब उस घर में नहीं रहूंगा, यहीं रहूंगा, आपके यहां।"

"आप क्या कह रहे हैं ?"

प्रशान्त ने कहा, "ठीक ही कह रहा हूं, मैंने काफी भूलें की हैं, और भूल नहीं करनी। जिन्दा रहना ही जिन्दगी है, सर ऊंचा करके रहना होगा।"

"लेकिन यहां रहकर उठ पाएंगे, सर ऊंचा कर पाएंगे, यह किसने कहा ?"

"अब आपको मोहल्ले-मोहल्ले में नहीं घूमना होगा। आप हीरोइन बनेंगी, आपका नाम होगा, आपका बंगला होगा, आपकी गाड़ी होगी।"

"लेकिन उससे आपका फायदा ? मेरे घर और गाड़ी से आपको क्या मिलना है? खैर आइए, जरा इधर आइए, यह देखिए।"

कहकर प्रशान्त का हाथ पकड़कर अंजली अपने कमरे में ले गई। बदबू के मारे बहुत बुरा हाल था, कैसे लथपथ जयन्त बेहोश पड़ा था।

"शराब पी रखी है, क्या ?"

"अपनी आंखों से देख लीजिए न, इस पर भी आप उसकी बात का यकीन करते हैं ?"

"लेकिन अचानक इतनी शराब क्यों पी ?"

"रोज ही पीता है, इसीलिए अपनी गैरहाजिरी में उसे कमरे में घुसने नहीं देती, यह सब देखकर भी आप उसे रुपये देंगे ?"

"लेकिन आप इतना क्यों सहती हैं ?"

"उसने मुझे खरीद जो रखा है।"

"माने ?"

"उसकी बातों में आकर उससे शादी कर ली थी।"

"आपने शादी की है उससे, लेकिन सिन्दूर···"

"सिन्दूर लगाने से धन्धा खराब होता है, लेकिन आप क्यों अपनी जिन्दगी खराब करने पर तुले हैं ? यह आपका कौन लगता है ? आप ऐसे आदमी के लिए अपने पिताजी से झगड़ा करके चले आए !"

प्रशान्त ने जरा देर सोचकर कहा, "तब आपके हाथ में रुपये दिए जाता हूं।"

"मैं क्या करूंगी इन रुपयों का ?"

"फिल्म बनाइए, तीन-चार रील की शूटिंग के बाद तीन लाख रुपये मिल जाएगे, तब मय सूद के लौटा दीजिएगा।"

"फिर भी आप रुपये देंगे ही? आपको हमारे ऊपर घृणा नहीं हो रही है?"

"घृणा? आपके ऊपर! क्यों?"

"आप फिर भी पूछ रहे हैं क्यों? दूसरे लोग हमारे रंगे-पुते चेहरे देखकर पागल होते हैं। उन्हें ठग कर हम पैसा पैदा करते हैं, लेकिन आप के साथ वैसा नहीं कर सकती। आप दया करके यहां से चले जाइए, जहां से रुपये लाए हैं, लौटा दीजिए, जाइए।"

प्रशान्त फिर भी खड़ा था, "लेकिन आपका नाम हो जाता।"

"नाम से मुझे घृणा हो गई है प्रशान्त बाबू! एक बार नाम के लिए जो मिला, वह तो आपने देख लिया, आप जाइए!" कहकर अंजली प्रशान्त को ठेलने लगी। ठेलते-ठेलते बाहर ले आई। सड़क पर इक्का-दुक्का आदमी थे।

अंजली ने कहा, "इतने सारे रुपये लेकर पैदल जाना ठीक नहीं है। ठहरिए, मैं आपको टैक्सी से पहुंचा देती हूं।"

इसके बाद बस-स्टैंड के पास से एक टैक्सी की। प्रशान्त से बोली, "चलिए, बैठिए जल्दी से।"

प्रशान्त कठपुतली की तरह पोटली सम्भाले टैक्सी में जा बैठा, पास ही अंजली भी बैठ गई।

रामदीन भी हैरान रह गया। आटा मलकर रोटी बना रहा था। प्रशान्त को देखते ही उठ खड़ा हुआ।

"क्या बाबूजी आप? इस समय?"

"अपने रुपये लो रामदीन, जरूरत नहीं पड़ी। अच्छी तरह से गिन लो।"

रामदीन के मुंह से आवाज नहीं निकल रही थी। बोला, "रुपये काम नहीं आए?"

"नहीं, बेकार में तुम्हें तकलीफ दी।"

रामदीन ने कहा, "पांच मिनट बैठिए बाबूजी, पराये रुपये हैं, फिर से गिनने होंगे।"

प्रशान्त बैठ गया। बोला, "जरा जल्दी रामदीन, टैक्सी खड़ी है, काफी देर हो गई है।"

रुपये सम्भलवाकर प्रशान्त जब सड़क पर आया, अंजली टैक्सी में ही बैठी थी।

"दे आए?"

"हां।"

"रसीद वापस लाए?"

"हां, यह रही।" कहकर रसीद अंजली के हाथ में दे दी।

अंजली ने रसीद को फाड़कर फेंक दिया और प्रशान्त से बोली, "जाइए, अब घर जाइए। अब कभी भी त्रिडन स्ट्रीट न आइएगा। यही आखिरी मुलाकात है। अगर जयन्त आपके ऑफिस जाए, तो धक्के देकर निकाल दीजिएगा, जाइए।"

और टैक्सी घर्र-घर्र करती चली गई।

जिन्दगी में बहुत कुछ ऐसा होता है, जो अन्दर ही अन्दर खिलता रहता है और फिर कभी-कभी बाहर से चोट खाकर उभरने लगता है। रोजमर्रा की जानकारी में रहने के कारण वह हल्का पड़ जाता है और हर वक्त नजर नहीं आता। उस समय उसे पहचानना मुश्किल हो जाता है। जब किसी कानों-सुनी और आंखों देखी के साथ अनसुनी, अनदेखी बात का योग घटता है, जब चोट की लहर हमारी चेतना को झंझोड़ डालती है, तभी होता है सही मायनो में जगना। प्रशान्त को लगा, जैसे वह अचानक जाग उठा है। फिर भी घर वापस जाने का मन नहीं हो रहा था। हिम्मत भी नहीं थी। सब कुछ लुटाकर उसने इस अनुभूति को खरीदा था, और किसी को देने के लिए अब उसके पास बचा ही क्या था। किस पूंजी के बल पर आज

वह आगे बढ़े ?

चलते-चलते जैसे ट्राम-रास्ते के पत्थर भी थककर चूर हो गए थे। सड़क की रोशनियां भी इतनी देर जागने के बाद एक-एक कर सो गई थीं। हर रोज ही शायद यह कलकत्ता इसी तरह घूमता रहता है। यह जैसे रोजमर्रा की बात है। कलकत्ते ने किसी सवाल का जवाब नहीं मांगा, कोई कौतूहल नहीं दिखलाया, यह सिर्फ बेजान की तरह पीछे-पीछे चल रहा था। नकली सभ्यता का रंग चेहरे पर पोते कलकत्ता इस रास्ते से उस रास्ते, फिर इस गली से उस गली चक्कर काट रहा था और तभी जैसे अचानक कलकत्ता रुक गया।

प्रशान्त पता नहीं कहां से कहां चला आया था। चलते-चलते जैसे उसने सोचे हुए कलकत्ते की परिक्रमा कर डाली थी। सारी जिन्दगी की परिक्रमा कर डाली थी। उसने कौन-सी जिन्दगी चाही थी और उसे क्या मिला ? उसकी कौन-सी चाह झूठी थी और कौन-सा पाना उसके लिए न पाना था ? क्या पाकर सब कुछ सार्थक हो जाता है ? क्या है वह चीज ?

अंधेरे रास्ते के किनारे से लगे लाइन की लाइन सोए घर। ये जैसे सोए मकान नहीं हैं, इस युग के पहरेदार हैं। पहरेदार सो गए हैं। युग-युग से सजग पहरा देते-देते, 1961 की थकावट से जैसे चूर-चूर होकर सो गए हैं। उसके पिताजी नहीं, उसकी मां नहीं, जयन्त, अंजली कोई भी नहीं है। उसकी नौकरी तक नहीं बचीं। सारी दुनिया में उसके लिए कहीं जगह नहीं है। कलकत्ते के लाखों आदमी भी जैसे प्रशान्त की तरह बेघर और अभिभावकहीन हैं। वे लोग सड़क पर ही पैदा हुए हैं और सारी जिन्दगी यहीं घूमते रहेंगे। राममोहन, विद्यासागर, विवेकानन्द, रवीन्द्रनाथ सभी बेजान हैं। अब कोई उनका नाम भी नहीं लेता। प्रशान्त की तरह ही जैसे सारे कलकत्ते के लोग इस सूनी और अंधेरी रात में विचरण करने निकले हैं। लेकिन अब वह घर कैसे जाए ?

चलते-चलते प्रशान्त कहां आ पहुंचा था, उसे खयाल ही नहीं था। अचानक लगा, शहर खत्म हो गया है, सभ्यता खत्म हो गई है, यह सदी खत्म हो गई है। सदी के सारे लोग जैसे विनाश के कगार पर आ खड़े हुए थे। जरा देर में सब उलट-पलट जाएगा। प्रशान्त खड़ा-खड़ा सोच रहा था, क्या अच्छा है और क्या बुरा? उसे कौन बतलाए कि सुख अच्छा है या कल्याण? कौन बतलाए कि प्रशान्त के निजी सुख के साथ सारी दुनिया के कल्याण का विरोध कहां पर है? हर रोज टिफिन बॉक्स लिए एक सौ सरसठ रुपये की नौकरी में ही खुश हो या पैसा, नाम और इज्जत की प्रतियोगिता में अपनी खुशी को ढूंढ़े? कौन-सा? कौन-सा रास्ता उसका अपना है?

"कितना बजा बाबूजी?"

प्रशान्त चौंक उठा। जल्दी-जल्दी उस इलाके से भागा। यहां भीड़ के मारे रास्ता चलना मुश्किल हो रहा था। पान की पीक, बीड़ी-सिगरेट, कुल्फी-मलाई, वेणी, फूलमाला।

कलकत्ता ने दूसरा रास्ता पकड़ा।

इन कुछ ही दिनों में बादामतल्ला जैसे बदल गया था। तीन-चार दिन में सब कुछ उलट-पलट गया था। शचीन बाबू के घर मण्डप सजा हुआ था। कोई चारा न देख, बेचारे ने यतीश बाबू के लड़के से भांजी की शादी तय की। शहनाई बज रही थी। शचीन बाबू बूढ़े आदमी थे, फिर भी खुद देखभाल कर रहे थे, सब लोग खाना खा चुके थे न?

प्रशान्त गली में घुसते ही जैसे चौंक उठा।

फिर जैसे हालत समझकर सर झुकाकर आगे बढ़ गया। कई दिन इस ओर से आना-जाना नहीं हुआ था। सब कुछ जैसे नया-नया लग रहा था। जैसे वह अधिकार भी उससे छीन लिया गया था। तभी लगा, जैसे दरवाजा खुला है, इस समय दरवाजा खुला क्यों है?

दबे पांव आंगन में आया था। पिताजी के कमरे में अभी तक

रोशनी हो रही थी, लेकिन आसपास में कहीं भी मां नजर नहीं आई। सब कुछ जैसे सुनसान हो गया था। एक ओर पानी की बाल्टी औंधी पड़ी थी। तरकारी की डलिया में कुछ भी नहीं था। कमरे में पिताजी की सूरत देखकर प्रशान्त को बड़ा अफसोस होने लगा। जैसे इन कुछ ही दिनों में पिताजी बड़े कमजोर हो गए थे।

आहिस्ता-आहिस्ता प्रशान्त बिस्तरे के पास जाकर खड़ा हुआ। विपिन बाबू ने आंखें खोलीं। लालटेन की रोशनी पिण्टू के चेहरे पर पड़ रही थी। बोले, "आ गए? मैं जानता था, तुम आओगे।"

प्रशान्त ने कोई जवाब नहीं दिया। विपिन बाबू जैसे उसके चेहरे पर कुछ खोज रहे थे।

"लगता है, काफी तकलीफ उठाई है। अच्छा ही हुआ। तुम्हें जरा तकलीफों की जरूरत थी। मैंने चाहा था कि जो तकलीफ मैंने उठाई है, उसकी आंच तुम पर न आए, लेकिन वह नहीं हुआ। लगता है, कुछ ही दिनों में दुनिया को काफी अच्छी तरह से जान गए हो, अच्छा ही किया। कुछ खाना है? भूख लगी है?"

शचीन बाबू के घर शहनाई पर विहाग बज रहा था। प्रशान्त को बड़ा खराब लग रहा था।

"मां कहां हैं?"

"तुम्हारी मां बाजार गई है; जब तक जिन्दा हैं, खाना तो होगा ही न। दिन के वक्त जा नहीं पाती, इसलिए इस समय अंधेरे में छिपकर गई है, तरकारी नहीं थी शायद।"

प्रशान्त ने कहा, "मैं देखूंगा जरा।"

कहकर और नहीं रुका। बाहर निकलकर शचीन बाबू के घर के पास से होकर सीधे बस के रास्ते के पास जा पहुंचा।

दूसरे दिन फिर सुबह हुई। दुनिया फिर उसी तरह चलने लगी; 'टर्नबुल एण्ड जानसन' कम्पनी में भी सुबह हो गई थी। हेड दरबान ने पहरा देना शुरू कर दिया था। धीरे-धीरे

लोहे के गेट से बाबू लोग आ रहे थे।

तभी रमेश बाबू दिखलाई दिए, "क्या बात हुई प्रशान्त बाबू? चार दिन कहां रहे?"

जवाब में कहने को प्रशान्त के पास कुछ भी नहीं था। सिर्फ हंस दिया। अपनी मुस्कराहट से ही गैरकानूनी गैरहाजिरी को ढंकने की कोशिश की। पूछा, "किसी ने पूछा?"

"सभी ढूंढ़ते-ढूंढ़ते परेशान हो रहे थे। आपके घर से आदमी आया था। घर में भी नहीं, ऑफिस से भी गोल, मामला क्या है? कोई लव-एफेयर वगैरह तो नहीं है?" रमेश बाबू कहकर हंसने लगे।

फिर जेब से एक चिट्ठी निकालकर बोले, "यह चिट्ठी कल आई थी। खोलकर पढ़ने को मन कर रहा था, लेकिन नहीं पढ़ी। अगर आप नहीं आते तो आपके घर भेज देता, लीजिए।"

"मेरी चिट्ठी?"

सफेद लिफाफे में चिट्ठी। उसे कौन चिट्ठी भेजेगा? कौन हो सकता है?

वहीं खड़े-खड़े प्रशान्त ने लिफाफा खोला। फिर एक ओर जाकर पढ़ने लगा। लिखा था—

'प्रशान्त बाबू,

आशा है, आपने ऑफिस जाना शुरू कर दिया होगा। भगवान से प्रार्थना करती हूं कि आपके मन को शान्ति दे। जोश में आकर जो करना चाहते थे, मैंने उसमें रुकावट डाली, शायद नाराज होंगे; लेकिन मैं खुद तो गिर चुकी हूं, इसी से किसी को गिरते देखकर तकलीफ होती है। अगर आप भी गिर जाते, तो दुःख की सीमा न रहती। कृपया मुझे गलत न समझें। अपनी सामर्थ्य के अन्दर सुखी होने की कोशिश करिएगा, उसी में सुख भी मिलेगा। किसी का बाहरी नकाब देखकर धोखा न खाइएगा। उससे आत्म-धिक्कार के सिवाय कुछ भी पल्ले नहीं पड़ेगा। लेकिन भगवान से मेरी प्रार्थना है कि वैसा न हो, इस जैसा तकलीफदेह दर्द दूसरा नहीं है। कभी किसी जगह मुलाकात हो जाए तो घृणा से मुंह फेर लीजिए। उससे मुझे जरा भी रंज नहीं होगा! नमस्कार!

निवेदन इति

अंजली बनर्जी'

● ●